Сигизмунд Кржижановский

瞳孔の中

クルジジャノフスキイ作品集

訳
上田洋子／秋草俊一郎
Yoko Ueda / Shunichiro Akikusa

松籟社

目次

クヴァドラトゥリン

秋草俊一郎　訳

1

外からそっとドアをたたく音がした。コツン、とまず一度。間。そして再び――すこし大きめにゴツンと、二度目。

ストゥリンはベッドから身を起こさずに、慣れたしぐさで足をノックがした方に伸ばすとノブにつま先をかけて引っぱった。思い切りよくドアが開いた。戸口に立っていたのは、頭がほとんどドア枠に触れるほど上背がある、窓に滲む夕暮のような薄墨色をした男だった。

ストゥリンが足をベッドからおろすより先に、客は室内に歩を進め、さっとドアをドア枠に戻すと、猿のような長い腕にぶらさげた書類鞄で、まず右側、次いでもう一方の壁を突いた。

「まさにマッチ箱ですな」

「なんだって？」

「この部屋ですよ。マッチ箱。ここの広さは？」

「八平方アルシン*とすこしかな」

「それです。ちょっといいですか？」

＊ 約四平方メートル。一アルシンは約七〇センチ。

ストゥリンが口を開く間もなく、客はベッドの端に腰かけ、ぱんぱんにふくらんだ書類鞄の留め金をさっと外した。そしてほとんどささやくように声を潜めて続けた。

「耳よりな話がございまして。私が、つまり私どもが手がけております、まあいわば、実験ですね。今はまだ内々の話なんですが。外国の有名企業もかかわってましてね。電気のスイッチを入れたい？　いや、それにはおよびません。すぐ済みますから。つまりですね、発見されたんですよ——この発見はまだ秘密なんですが——部屋を拡張する薬が。はい、これがそうなんですが」

見知らぬ男の手は書類鞄から引き抜かれると、ストゥリンにくすんだ色合いの細長いチューブを差しだしていた。普通の、絵の具のチューブのようだったが、キャップが厳重に締められ、鉛で封がされていた。ストゥリンは途方に暮れて、つるつるしたチューブを指の中でひねくりまわしていたが、部屋はほとんど真っ暗だったのに、ラベルにくっきり印字された文字は判読できた。「ク、ヽ、ヽ、ヽ、ヽ、ヽ、ヴァドラトゥリン」。目線をあげると、まばたきもせずじっと見つめる相手の視線にぶつかった。

「どうですか。いくらかって？　とんでもない。無料《グラティス》ですよ。宣伝ですね。ただし、この」

客は同じ書類鞄から帳面を引き出し、ぺらぺらとめくった。「感謝帳にサインだけもらいましょうか（まあ、簡単な謝意の表明みたいなもんです）。鉛筆？　はい鉛筆。どこかって？　ここです。Ⅲの欄。これでよし」

サイン帳をパタンと閉じると、客は姿勢を正し、くるりと背を向けてドアに歩み寄った——しばらくしてストゥリンはスイッチを入れ、くっきりと浮かびあがった「クヴァドラトゥリン」という文字を、眉を上げ半信半疑でしげしげ眺めた。

注意深く観察してみると、その亜鉛のパッケージは（よくメーカーが特許物にするように）半透明の薄紙にぴったりくるまれ、紙の端と端はたくみに張り合わせてあった。ストゥリンはクヴァドラトゥリンの紙の覆いをとると、半透明の〝つや〟の向こうからのぞいていた、チューブにそって丸まった文章を広げて読みはじめた。

使用法

小さじ一杯のクヴァドラトゥリンエキスを、コップ一杯の水に溶かします。脱脂綿か、または清潔な布に溶液をしみこませます。拡張を予定している部屋の内壁に塗ってください。成分がしみになることはなく、壁紙を損なうこともありません。加えて、南京虫を駆除する作用もあります。

これを読むまで、ストゥリンは疑っていた。今、疑念は別の気持ちに――ざわつくような、かきたてられるような感覚に変わろうとしていた。立ちあがって檻のような部屋の隅から隅へと歩こうとしてみたが、あまりに距離が短すぎた。部屋の散歩はほとんどターンの連続みたいなものだった。つま先から踵、今度はその逆を繰り返し。そしてストゥリンはくるっとふり返り、座って目を閉じ、想念に身をゆだねた。こんな具合に始まるような――なんだ……？　もし……？　突然……？──左手側、耳から一アルシンの距離で、だれかが壁に鉄くぎを打ちこんでいる。しょっちゅう釘からそれてがんがん音をたてるその金槌は、まるでストゥリンの頭をめがけて打ちこまれているようだった。こめかみを両手で押さえつけて目を開けた。黒いチューブが、壁と窓枠とベッドの合間にやっとのことでおさまっている小机の真ん中に置かれている。ストゥリンが鉛封を破ると、チューブの蓋がねじのように回って落ちた。鼻をつく、わずかに苦みさえ感じさせるような刺激臭が、開いた丸い穴から漂ってきた。匂いは快く鼻孔を刺激した。

「うん、うん、ためしてみるか。なにはともあれ」

上着を脱いで、クヴァドラトゥリンの持ち主は実験にとりかかった。椅子はドアに寄せ、ベッドは部屋の真ん中に。ベッドの上に机をのせた。ほんのり黄を帯びて光っている透明な液体を受け皿に入れて床に置き、それをうしろから押すようにして這っていきながら、鉛筆に巻きつけたハンカチをクヴァドラトゥリンにひたしては、床板と壁紙の模様にそって丁寧に塗っていった。今日言われたように、部屋はマッチ箱そのものだ。だがストゥリンはゆっくり几帳面に仕事し、隅っこも塗り残しがないようにした。これはかなり骨だった。というのも、液体は実際すぐに気化するか、しみこんでしまうかしたから（そのどちらなのかは判別できなかった）。塗った跡にはなにも残らなかった。鼻をつく刺激臭だけが残って一層強まり、頭をくらくらさせ、指をもつれさせ、床についた膝をわななかせた。床板と壁の低い部分が終わったとき、ストゥリンは奇妙に萎えて重くなった足をあげ、立って作業を続けた。ときたまエキスをつぎ足さなくてはならなかった。チューブは少しずつ空になっていった。窓の外はもう夜だ。右側の共用台所ではかんぬきがかけられる音がした。アパートは眠りに備えはじめた。音をたてないように留意して、残ったエキスを手にした実験者は、ベッドにそろそろとのぼると、そこからグラグラする机に足をかけ……。クヴァドラトゥリン化しなくてはいけない残りは天井だけだ。だが、その時壁が拳でたたかれた。

「そこでなにしてるんだ。みんなもう寝てるぞ……」

音がしたほうをふり返ろうとして、ストゥリンはへまをした。つるつるしたチューブは手から飛びだして落下した。すっかり乾いてしまったブラシをもって、ストゥリンは用心深くバランスをとりつつ床に降りた。だが、すでに遅かった。落っこちたチューブは空っぽで、そのまわりにはあっという間にひからびていくしみが、くらくらするような香りを放っていた。疲れはてて壁に手をつきながらも（左ではふたたび不満げに寝返りをうつ気配がした）、彼は最後の力をふりしぼって物を元の場所に戻し、服を着たままベッドに倒れこんだ。黒い眠りがすぐに彼の上に覆い被さってきた——チューブも人間も空っぽだ。

2

二つの声がひそひそ話を始めた。それから音量が次第にピアノからメゾフォルテに、メゾフォルテからフォルテに、そしてフォルティッシモになって——ストゥリンの眠りをやぶった。

「お話にもなりゃしない。あの住人をスカートのなかから追いだすのに……。大声でわめけってのかい!?」

「ごみじゃあるまいしそう捨てらんないわよ」

「知ったこっちゃない。ちゃんとこう言っておいたじゃないか。犬も、猫も、ひ、ひももだめだって」——このあと、ストゥリンをとうとう眠りからたたきだしたものすごいフォルティッシシモが続いたのだった。まぶたは疲労でぴたりと縫い合わされて開かない。慣れたしぐさで手を伸ばす——時計が置いてある机の端へと。始まりはこんな具合だった——しばらくの間、腕を伸ばしていたが、空気をまさぐるだけ。時計も机もない。ストゥリンは即座に目を開けた。そしてすぐベッドに体を起こすと、茫然として部屋を眺めた。いつもはここ、枕元にある机は、部屋の真ん中に移動していた——だだっぴろいが、不格好で、見覚えがない部屋の真ん中へと。

物はみな元のままだった。机を追ってこちら側に這いだしてきた、使い古しの丈の短いカーペット、写真、背もたれのない椅子、壁紙の黄色い模様——だが、どれもみな妙にまのびした立方体の部屋の中に、慣れない様子で散らばっていた。

クヴァドラトゥリン——ストゥリンは思いいたった——これがその力か。

すぐに、新しい空間に家具を合わせてみた。だが、どこかしっくりこない。丈の足りないカーペットをベッドの脚の側に寄せてみたが、ぼろぼろの床板がむきだしになってしまう。机と椅子をいつもどおり枕元に寄せると、蜘蛛の巣がはった、がらんとした部屋の隅が空いて、いろいろとぼろがあらわになってしまっていた——以前はせまい部屋の隅と机の影になっていたおかげで上手く隠れていたのに。ストゥリンは勝ち誇った、だがいささかおびえた笑みを浮かべて自分の新しい、ほとんど平方された平積《クヴァドラトゥーラ》の細部を入念にチェックしたのだが、部屋が均等に広がっていないことに気づいて不満を覚えた。出隅は角度が鈍くなり、壁が斜めに傾いでいた。つまり、入隅ではクヴァドラトゥリンの働きが見るからに弱くなっていたのだ。あれだけストゥリンが入念に塗布したのに、実験はいくぶん不均一な結果に終わった。

アパートがじょじょに目覚めだした。ドアの側を住人が行ったり来たりしている。共有洗面所のドアがばたんばたんと音をたてている。ストゥリンは部屋の入り口に近づいて鍵を右に回した。それから、手を後ろ手に組んで端から端まで歩いてみることにした。悪くない。喜びで思わず笑みがこぼれた。ついにやったぞ。だが、すぐこう考えた。左右、後方の壁越しに、足音が聞こえるかもしれない。一時、身じろぎをやめて立ちすくむと、さっとかがみこんだ——突然こめかみで、夕べ味わった鋭い刺すような痛みがかすかにうずきだしたのだ。編み上げ靴を脱ぎ、靴下だけになると、音をたてずに歩いて散歩の悦楽に没頭した。

「入ってもいい？」

女家主の声がした。ドアに近づいて鍵に手をかけようとしたが、すぐに思いなおした。開けてはだめだ。

「着替え中です。ちょっと待ってください。すぐ出ます」

『いまのところうまくいってる。だが面倒だな。鍵をかけて持ち歩くことにしよう。だけど鍵穴はどうする？　窓もあるしな。カーテンが必要だ。今日のうちに——』こめかみの痛みはさらに鋭く、しつこくまとわりついていた。ストゥリンは急いで書類をかき集めた。仕事の時間だ。服を着て、頭痛を帽子に押しこんだ。ドアのそばで聞き耳をたてた。誰もいないみたいだ。さっと開けて、さっと出た。すぐ鍵をかけた。よし。

女家主は玄関で辛抱強く待っていた。

「あの女のことで話をしたいんだがね。名前がでてこないけど。あの女が申し込みを住宅管理委員に出したってさ……」

「聞いてますよ。続けてください……」

「あなたには関係ない話だけどね。八平方アルシンじゃ減らしようがない。だけど、あたしの身にもなってみて……」

「急いでるので」——目深にかぶった帽子でうなずき、階段を下りた。

3

仕事の帰り道、ストゥリンは家具屋のショーウィンドーの前で立ち止まった。ソファーが描くゆったりとした曲線、繰り出し式の丸テーブル。すばらしいだろうな。だけど、どうやって視線と質問をかいくぐって持ち帰ればいいんだろう——みんなあれこれ勘ぐるだろう、勘ぐらずにはいられない……。

カナリア色の生地を一メートル分買うにとどめなくてはならなかった（とにかくカーテンだ）。食堂には寄らなかった。食欲は消え失せていた。急いで部屋にもどらなくては——そのほうが気が楽だ。急がずじっくり考えて、周囲を見回して、あれこれ調整してみよう。部屋のドアに鍵を差しこんだまま、ストゥリンはだれか見ていないかあたりを見回した。誰ものぞいていない。部屋に入る。明かりをつけた彼は、長いこと立ちすくんでしまった。両手を壁に伸ばしてはみたが、心臓は激しく脈打っていた。こんなのはけっして予想しなかったぞ。

クヴァドラトゥリンは作用し続けていた。主人が外出していた八、九時間の間に、四方の壁はゆうに一サージェン*は伸びていた。一歩踏みいれたとたん、目に見えないつっかえ棒で伸ばしたよう

＊　一サージェンは約二・一メートル。

な床板が、オルガンのパイプのような音をたてた。伸びて不自然にゆがめられた部屋全体が、ストゥリンを脅かし、苦しめ始めていた。上着も脱がずにストゥリンは椅子に腰かけ、広々とはしているが、押しつぶされ棺桶状になった、居住用の箱とでもいうべきものを眺めながら、どうして望まぬ結果になったのか理解しようとした。思い出したのは、天井は塗らなかったことだった。エキスが足りなかったのだ。箱型住居は横と縦に伸びただけで、上方向には一インチたりとも伸びなかったのだ。

『こいつめ、止まるんだ。このクヴァドラトゥリンのやつを止めないと。でないとおれは……』こめかみを手のひらで押しつけてみた——すると、今朝から頭蓋の裏側に入りこんだ蝕むような痛みが、ガリガリと執拗にドリルを回す音が聞こえてきた。向かいの家の窓明かりは消えていたが、ストゥリンは黄色のカーテンで部屋を隠した。頭の痛みは一向におさまらない。静かに服を脱ぐと、明かりを落として横になった。はじめは短い眠りが訪れたが、その後でなにか、不快な感覚に起こされた。布団にぴったりとくるまりもう一度眠りに落ちたが、またあの不快なよるべなさが眠りをさまたげた。片手をついて体を起こすと、自由な手で周囲を調べた。壁がない。マッチを擦った。ううむ。火を吹き消した。肘がきしむほど強く両手でひざをかかえこんだ。『まだ大きくなってる。くそっ、まだ大きくなってる』歯を食いしばってストゥリンはベッドから這いだすと、物音をたてぬよう、用心深く、はじめは前方の、次いで後方のベッドの脚を遠ざかっていく壁に引きよせた。軽い悪寒。これ以上火をつけるのはやめて、くるまって暖をとろうとフックにかけたコートをとりに隅に行った。だが、昨日あった壁の位置にはフックはなく、手が毛皮に触れるまで数秒のあいだ壁を探らなくてはならなかった。こめかみの痛みのようにだらだらとまとわりついてくる長い夜の間、さらに二度、ストゥリンは壁に頭と膝を押し当てて眠りに落ち、そして目を覚ますと、ふたたびベッドの脚を動かした。この作業を機械的に、たんたんと、生気なく繰り返しながら、まだ周囲は暗いのに、必死で目を閉じまいとした。このほうがまだましだ。

4

次の夕暮れ時が近づき、その日の仕事を終えたストゥリンは自室のドアに歩みよって、足どりも早めずに踏みこんだが、もう驚きも恐怖も感じなかった。低く長い天井のどこか遠くに、一六燭光のぼんやりした明かりがかすかにともったが、黄色い光は、巨大で生気がない、虚ろなあばら屋――このあいだクヴァドラトゥリンを塗るまではたしかに狭かったが、あんなに住み心地がよく、こぢんまりして温かかったわが家――の、ばらばらに遠ざかっていく隅までは届かなかった。遠近法に則して縮まった窓の黄色い四角形に向かっておとなしく歩いて、歩数を数えようとした。そこから――窓ぎわの隅に哀れにももぐりこんだ臆病なベッドから、疲れきってぼんやりと部屋を眺めたが、抉りこむような痛みを覚えながら、床板にはりついた影のゆらぎと、低くなめらかに垂れさがった天井を見た。『チューブからしぼり出したやつが、平方《クヴァドラート》しているんだ。平方の平方。平方の平方の平方。なんとかしてうまい策で出し抜かないと。出し抜けなければ、あっちがこちらを抜きさってますます育って……』そして、突然ドアがどんどんとたたかれた。

「ストゥリンさん、いますか？」

同じく遠方から、低く、かろうじて聞きとれる女家主の声が響いた。

「いますよ。寝てるんでしょう」

全身から汗が噴きだしてきた。『間に合わなかったら——やつらが先に……』そして、音をたてないように注意して（自分が眠っていると思わせなくては）、暗がりの中、長い時間をかけてドアに歩みよっていった。やっと着いた。

「だれですか？」

「開けてください。なんだって鍵をかけてるんです？　再測量委員会ですよ。測り直したら出ていきますから」

ストゥリンはドアに耳を押し当てて立っていた。薄い板一枚隔てて、重いブーツがどたどたと踏みならされた。なにかの数字と部屋の番号が呼ばれた。

「次はここだ。開けてください」

片手でストゥリンは電気のプラグの頭をつかみ、鶏の頭をひねるようにしてなんとかよじきろうとした。プラグの頭はバチッと光ってはずれると、力なく回転してぶら下がった。再度、ドアを拳でたたく音。
「ほら、早く」
ついにストゥリンは鍵を左にひねった。ドア枠に黒くがっしりした人影が戸口から進みでた。
「明かりをつけてください」
「きれてしまってるんです」
左手でドアノブをつかみ、右手で電気のコードをつかんで、ストゥリンは背後のあとずさってい
く空間を覆い隠そうとした。黒い人影が一歩下がった。
「マッチを持ってないか？　その箱をこっちに。やっぱり見てみよう。きまりだから」
突然、女家主が不満の声をあげて泣きだした。
「その部屋のなにを見るっていうのよ。八平方アルシンを八回ずつチェックしてさ。何度測ったっ
て増えやしないよ。その人はおとなしい人で、仕事帰りで横になってたんだから。休ませもしな
いってのかい。測って測って測り直してさ。それにひきかえ、居住する権利すらない人間もいるっ
てのに……」
「まったくだ」黒い人影たちはぶつぶつ言い、片方のブーツからもう片方へと体を揺らし、そっ
と、ほとんどなでるような動作でドアを明るい方に引いていった。一人残されたストゥリンは、綿
のように疲れてふらつく足で、毎秒ごとに四方に広がり、育ちつづける四角い闇のただ中に立ちつ
くしていた。

5

足音が静まるのを待って、ストゥリンはすばやく上着をはおって外に出た。測り直しや測り忘れ、なんやかやで奴らがまた来るかもしれない。交差点から交差点へと歩を進めながらのほうが、まだなにか考えがうかぶだろう。夜が近づくにつれ風が強まった。風は木々の、凍える裸の枝たちをぶるぶる震わせ、影たちをよろめかせ、電線をぶんぶん揺らし、たたき壊そうとするかのように壁をうった。なぐりつける風から、こめかみの鋭くなっていく痛みを隠して、ストゥリンは影に潜りこんだり、街灯の光に体を浸したりしながら歩いた。突然なにかが、荒々しくうちつける風をくぐり抜けて、肘にそっと、やさしく触れてきた。ふり向いた。黒い帽子のへりをぱたぱたとうつ羽の下から、誘うように目を細めている、見知った顔。うなりをあげる空気のなかで、声がかろうじて届いた。

「私だってわかってたくせに。どこを見てるのよ？　会釈ぐらいしなさいよ。ほら」

風でのけぞりつつも、女の軽い身体は、くいこむような尖った踵で立ち、全身で不服従と戦闘の意を示していた。

ストゥリンは帽子のひさしを下にかたむけた。

「どこかに行ってしまうはずだったんじゃなくて。それともまだここにいるつもり？　ということは、なにか具合が悪いことでも……」

「そう。まさに、そうだ」

　スェードの指がこちらの胸に触れるのを感じたが、すぐにマフのなかに引っこんだ。帽子の踊るような黒い羽の下に、細められた瞳を探りあてた。もう一目この女を見れば、もう一度触れたり触れられたりすれば、焼けつくようなこめかみにもう一撃もらえば、考えも吹っ切れて、風に吹かれてなくなってしまうだろう。一方、女は顔を寄せ、こう口にした。

「あなたのところに行きましょう。この前みたいにさ。覚えてるでしょ?」

　すぐさま、すべてが台無しになった。

「うちはだめだ」

　女は男が引っこめた腕を探りだすと、スェードの指をからませてきた。

「うちは……よくないんだ」――彼はふたたび手を引っこめ、目をそらしてそっぽを向いてうなだれた。

「せまいって言いたいんでしょ。そんなのおかしいわ。せまければせまいほど……」

　風が言葉じりをさえぎった。ストゥリンは答えなかった。「それとももしかして……ないのかしら……」

　角までたどりついて、ふり返ってみた。女は立ち続けていた。盾のようにマフを胸のところで握りしめ、薄い肩は寒さで震えている。風はスカートを破廉恥にもはためかせ、コートの裾をまくりあげていた。『明日だ。全部明日にしよう。だけど今は……』ストゥリンはきっぱりと背を向け足どりを速めた。

『みんな寝ている今のうちだ。どうしても必要なものだけ持って出て行こう。逃げるんだ。ドアを開けはなして、あとのことはまかせよう。なんでおれだけが？　まかせよう」

　実際、アパートはまどろみ、薄暗くなっていた。廊下をまっすぐいって右に折れ、ストゥリンは決然とドアを開け、いつものように入り口にあるスイッチをまわそうとしたが、指の間でそれは力なく空回りして、電気をきったことを思い出させた。いまいましい障害だ。どうしようもない。ポケットをまさぐって、マッチ箱をさぐりだした。中身はほとんどない――つまり、三、四回あたりを照らしておしまい。明かりと時間を節約しなくては。ハンガーの所に行き、最初のマッチをすった。明かりが黄色い半径を伸ばして黒い虚空を這いひろがった。誘惑にうち勝ちながらストゥリンは、照らしだされた壁の断片とフックに掛かった上着と軍服に意識を集中させた。自分の背後には、薄暗い隅を四方にどんどん広げていくクヴァドラトゥリンを塗られた死の空間があることはわかっていた。わかっていたので見なかった。左手でマッチがくすぶるなか、右手でフックから服をむしりとり、床にほうり投げた。もう一本マッチが要る。床を見ながら部屋の角に向かう。もしそれがまだ角と呼べるようなもので、まだそこにあるとすればの話だが――彼の計算では、そちらにベッドが引っぱり出されているはずだった。だが、うっかり火に息がかかってしまった――ふたたび、黒い砂漠が隙間なく閉じあわされた。残ったのは最後の一本だけ。彼はそれを一、二度すってみた。火はつかなかった。もう一度――すられたマッチの頭が、ポキリともげて指をすべり抜けてしまった。ふり返って、これ以上奥に入りこむのが怖くなり、フックの下に投げた服のかたまりの方に動いてみた。だが方向転換は不正確だったようだ。指先を前方に伸ばして、彼は歩いた――一足、また一足。一足、また一足。だが、なにも見つけられなかった。服も、フックも、壁もなにも。『もう着くはずだ。着かなきゃおかしい』全身に寒気と汗がじっとりはりついていた。足が妙な具合にたわんできた。ひざを落とし、手のひらを床についた。『帰らなければよかった。正直、一人ではもう無理だ』突然、ある考えが襲ってきた。『こうしてるあいだもどんどん広がっていくんだ。こうしてるあいだにも……』

市民ストゥリンの八平方アルシンに隣接する平積《クヴァドラトゥーラ》の住人たちには、その叫び声の音色と抑揚がなにを意味するのか、恐怖と眠気が入り交じった状態では判然としなかった――自分たちを真夜中にたたき起こし、部屋の入口まで詰めかけさせたその声の意味が。砂漠で迷って死につつある男が、寂寥とした空間で叫んだところで、時すでに遅く無駄なことだった。だが、もし――意味などなかったとしても――彼が叫んだとしたら、それはおそらく、こうだったろう。

一九二六年

しおり

上田洋子　訳

1

つい先ごろ、細紐で封じ込められていた古い手稿や本を見直しているとき、それはふたたび私の指に触れた。針で模様が描かれた蒼白の絹の薄い身体に、裳裾《もすそ》がふたつの楔《くさび》となって垂れ下がっている。もうずっと会っていなかった、私と私のしおりは。この数年のできごとはあまりにも書物とは縁遠く、紋《エンブレム》状の意味がぎっしり詰まった棚から、私は遠ざかってしまっていた——読み終えていない行間のどこかにしおりを置き去りにして、間もなく忘れてしまっていた。なめらかな絹の手ざわりも、おとなしく文字たちの間に挟まっている柔軟な身体から漂う、かすかな本のかおりも、それに……どこに忘れたのかすらも。ちょうどこんなふうに、遠洋航海は船乗りと妻を別れさせるのだ。

もっとも、本を手にすることがなかったわけではない。はじめはまれに、それからしだいに頻度を増していった。だがしおりは必要とされなかった。それらの本は、いびつに切られた表紙の中に、すぐにとれてしまう紙束がぞんざいに糊付けしてあるもので、汚れたざらざらの紙の表面を、灰色の——軍服のラシャのような——文字が行の隊列を乱しながら先を急いでいた。紙束からは腐食した油と糊のいやな臭いがした。こんな、帽子もかぶらない、粗野な造りの紙束に、礼儀作法は無用だった。貼りついた紙の間に指を突っ込み、その指で頁と頁をはがして、ぎざぎざに破れた頁をせっかちに動かしながらあわただしく繰《く》っていった。テクストは瞑想もなく、味わうこともないまま、いっきに消費されていった。本も、薬莢を運搬するための二輪車も、ただ言葉や薬莢を運んでくるためだけに必要なものだった。あの、絹の裳裾の出る幕はなかった。

それからふたたび、船を岸に着け、タラップを降ろす。背表紙を捜しまわる図書館のはしご。とびらの頁の静力学。読書室の静寂と緑色のランプシェード。頁と擦れあう頁。そしてついにしおり。以前の、昔の頃と変わっていない、——ただ、絹がもっと色あせて、それに刺繍の模様はほこりでぼやけてしまっていた。

私はしおりを紙束の下から引き出して、すぐ目の前、机の隅に置いた。しおりは拗ねているような、いささか不服そうな様子だった。私はなるたけ気さくに優しくそれに微笑みかけた。ほんとうに、かつて私としおりはどれだけ遍歴を重ねたことだろう——意味から意味へ、ひとつの本の頁々から、別の本の頁々へと。そして順々に記憶に浮かんできたのが、スピノザの『エチカ』の岩棚から岩棚へと登る険しい道、——ほとんど一頁ごとに、私はしおりをひとり形而上の層の間に挟んで置き去りにしたものだった。『新生』*の切れ切れの呼吸、断片から断片へと移行する際に、我慢強いしおりは、本を手から奪った興奮が落ち着き、ふたたび言葉に戻ることができるようになるまで、何度も待たなければならなかった。それに思い出さずにいられなかったのが……だがこれは私たち二人、私としおり以外には関係のないこと。ここでやめておこう。

そもそも実際に重要なのは——あらゆる出会いは義務を伴うのだから——贈られた過去に対し

て、なにかしらの未来でつぐないをしなければならないということなのだ。具体的に言うと、必要だったのは、昔馴染みをほったらかしにせず、次回の読書にはきっと参加させること、客人に一連の思い出ではなく、新たにひとかたまりの本を差し出すことだった。

私はそれらの本を見直してみた。だめだ、それらは役に立たなかった——論理の休止点もなく、振り返ったり一息ついたりするためにしおりの助けを必要とするような思考の急転換もない。印刷されたばかりの表題の数々に眼を走らせてみた。だが、貧弱な捏造が絡み合っているそれらに、眼を留めるようなところはなかった。私の四角形の客人の居場所は見つからなかった。

書棚から眼を逸らして、思い出そうとしてみた。記憶の中を近年の文学が荷も積まずにがたがたと走り抜けた。ここでもしおりの場所は見あたらなかった。若干苛立って、まずは——壁から壁へと行ったり来たり、それから——手を外套の袖に通す。いつもの夕方の散歩である。

＊『新生』（La Vita Nuova）はダンテの『神曲』に次ぐ代表作で、一二九三年頃に執筆された。青年時代の三一編の詩に解題を加えた詩文集である。

2

私が部屋を借りているのはアルバート通りの曲がり角、ニコラ＝ヤヴレンヌイ教会*の斜向かいで、二〇〇歩も歩けば並木通りに出る。はじめに冷やかしの客たちの背中で囲いができている委託販売店のショーウィンドー、それから歩道、そして、窓や看板のそばを通って、まっすぐ広場に出る。今回もやっぱり、ずっと昔に忘れたはずの食糧難時代**の愚かな習慣が、食料品店の窓のところで私を立ち止まらせる。ほら、これ、曇ったガラスの向こうに、生気なくもったいぶって油紙から頼りなげに突き出ている、鳥肌のひよこの手羽。

眼を引き剝がして、アスファルトの道路に沿って広場の多角形を横切り、ニキーツキイ並木通りへ。広場がもうひとつ、ふたたび並木通りの敷きつめられた砂、——そして私はベンチのどれかに空いている場所はないかと探しはじめた。そのうちのひとつ、背が大きくうしろに反り返った、重心の低い、曲がった鉄の足のやつの端が空いた。私は肩をだれかの肩にぴったりと並べて座り、まだ家にいるときに本としおりの間で考えはじめたことを、じっくり考え抜こうとしていた。ところがこのベンチでは、だれかがもう考えていた、しかも声に出して。それは右から二人目で、この見知らぬ人物は、彼と私の間に座っている人の方を向いて、物語の最後を語っているところだった。話している人の方へと目を向けたものの、私の眼に捉えることができたのは、ボタンを外した外套の襟元を、あたかもそれがチェロの指板であるかのように動きまわり、言葉に合わせてリズミカルに曲げ伸ばしされる指のみだった（それ以外は、彼が話しかけている人物の背の高いがっしりとした姿に隠れてしまっていた）。

「それとも、こういうのもあります。タイトルは『狂乱の塔』。パリの雑踏の上に鋼鉄の頭を掲げている巨大な四足のエッフェル塔はうんざりしてしまった、そう、街路にひしめきもつれ合う、騒音と灯火と叫喚のちりばめられた生活を我慢して聞いているのにうんざりしてしまったんです。雲を突く尖った後頭部の下に惑星の振動と電波信号を住まわせたのは、塔の足元でうようよと蠢《うごめ》いている無分別な生き物たちだ。空間は、針状の脳の中で振動を開始すると、金属の筋肉の網目を伝って下降して、着地し、そうして塔は鉄の足裏を土台から剝がして、揺れ、それから歩きだしました。これは、まあ、そうですね、夜明け前、人々は屋根の下で眠っていて、アンヴァリッド広場、マルス広場、それに近くの通りや河岸には人気《ひとけ》のないときのことでした。三〇〇メートルの巨漢は、鋼鉄の足のしびれがなかなかとれずに難儀しつつも、鋳鉄の橋の湾曲で大音響を立て、トロカデロの陰鬱な石群を迂回して、イエナ通りをブローニュの森へと向かいます。ここでは、建物と建物の間の狭い溝が塔には窮屈で動きにくく、一度か二度、睡眠中の壁にぶつかって、家々はひび

＊　アルバート通り（現在の旧アルバート通り）にあった教会。現存していない。
＊＊　革命後、内戦時の戦時共産主義体制の食糧難をさす。

割れてレンガを散らし、あたりの街区を起こしてしまいました。塔は、驚くというよりは自分の不器用さに困惑して、道を曲がってひとつ先の通りに出ます。ところがここは建物が密集していてどうにも身動きが取れません。そうこうしているうちに眠りの浅いパリは目覚めだします。夜の霧にプロジェクターの光が縞模様を描き、サイレンの音が聞こえてきて、上空ではすでにモーターがうなっています。そこで塔は、平べったい象のようなかかとを持ち上げて、建物の屋根に飛び乗ります。屋根の肋材がエッフェルの怪物の重い逃走の下でぼきぼきと音を立てる。事故を増殖させながら、一分もすると怪物はブローニュの森のはずれまでたどり着き、鋼鉄の一撃一撃で広い林道を切り開いて、遁走を続けるのです。

そうこうしているうちに明るくなってきます。パニックに眼を覚ました三〇〇万人のパリは駅という駅に押し寄せました。狂乱の塔のニュースは印刷所の機械で打ち鳴らされ、電線を伝って滑っていって、耳から耳へと飛び跳ねます。地平線に姿を見せた太陽のおかげで、パリジャンたちはいつも見慣れた塔の先端が高くそびえていたいつもの場所へ、いつもの角度で顔を向けて、いつもと異なる空っぽの空気、ただそれだけを見ることができるようになりました。はじめ、これは不安をさらに掻き立てます。あれやこれやの眼の対《つい》に、巨大な骨組みがセーヌ川の湾曲を歩いて渡って近づいてきたり、モンマルトルから街へと飛び降りようとしていたりするように思われる、それがまもなく朝の霧も、虚偽のセンセーションも晴れて、数百万人の多血質の人々は事件に反応して拳でイカ胸を叩き、新聞紙に目を走らせ、憤慨し、逃亡者の追跡と復讐を訴えるのです。アメリカ人たちはモンソー広場のホテルからもう〈コダック〉をカシャカシャ、死体やスクラップに刻印された鋼鉄の巨人の痕跡を写真に撮っていて、一方サン・セレスタンの詩人は穴のえぐられた空っぽの土台のところまで徒歩でやってきて（一〇スーでも節約なので）、考えこんだ様子で鉛筆を噛みながら、この状況にふさわしいのはどちらだろう、一二音綴《アレクサンドラン》か、それとも自由詩のジグザグだろうかと構想を練っています。

塔はといえば、規則正しく揺れながら、風にうなりを響かせて、金属の甲冑の輝きを放って、前へ、前へと進んでいます。けれども柔らかくてもろい土が足取りを遅らせます。おまけに、逃亡者にはどこからははっきりしていても、どこへはあいまいなのです。偶然に導かれて塔は北西へと進み、海に突き当たります。鋼鉄の巨漢がうしろを振り返ると、なんということでしょう、もう砲口の半円に囲まれている。榴散弾が道を妨げようとします。攻撃を受けてうなりを上げながらも、塔は第一の包囲網を突破し、大砲を蹴散らして北へと猛進します。そして、アントワープの要塞の威圧的な堡塁に行きあたるのです。砲列が轟音を立てる、鋼鉄対鋼鉄です。攻撃に興奮した塔は、折れてしまった溶接箇所を揺さぶって、金属の声で雄叫びを上げ、進行方向を変えて南東へと向かいます。鞭で檻へ追い立てられる野生の獣のように、塔は帰って、人々が自分に割り当てた正方形にふたたび足を埋めるつもりになっています。ですがこのとき遠い東から、おわかりでしょうか、「こっちだ《シュダー》、こっちだ《シュダー》！」という、かすかに聞き取れるような電波の呼びかけを耳にするのです。

詰めろとおっしゃるのですか？　さあどうぞ……」

話している人の右に座っただれかのせいで、ほんとうにぎゅうぎゅう詰めになった。外套の襟が一瞬静止した指とともに前方に乗り出した。続いて私の視界に入ってきたのは、ぼさぼさのあごひげに、言葉を発するとチック症のようにぴくぴくする口をした細長い横顔だった。

「われわれには、もちろん、迷える塔をだれが、そしてどこから呼んでいるのかあきらかですよね。こうして、塔の進路は定まった、東へ直進だ。蜂起した塔は、蜂起した人々のもとへ。電線はおびえたように首都から首都へとなっています。「狂乱の獣がボリシェヴィキ化した」――「止まらせろ」――「たいへんな恥だ」――「容赦するな」――「連帯を」。立ち去ろうとする塔の行く手を、新たに何列もの砲口が妨げようとします。そして再度の鋼鉄による鋼鉄への攻撃の下、四足の巨像はがちゃりがちゃりとぶつかりあう金属の声で、凶暴な賛歌を歌います。砲弾に満身創痍、針状の頭頂部を揺り動かしながら、次第に近くなる「こっちだ《シュダー》」に向かってどんどん進んでいくのです。塔にはもう、広大な――茎から茎へと広がっている――人間の野の上に花開いた、赤い旗の芥子《けし》の幻影が見え、古い、こぼれた歯のような壁に囲まれた、音のよく響く広場が目の前にあるような気がする――塔はそこで金属のかかとを地面に下ろして立ち、そして……そして蹴散らされた軍隊は後退して道を空けるのです。外交官たちの脳天の下では、「去っていく」――「解放された」――「緊急措置」――「どうすれば……」と、思考が不安のうちに堂々巡りをしています。

鋼鉄の巨人のかかとに半ば踏みつけにされて、追手は巨像の尖った細い針への攻撃を試みます。地上戦で敗北を喫して、電波戦に移行したのです。パリ、ニューヨーク、ベルリン、シカゴ、ロンドン、ローマのアンテナは電波を偽装して、いたるところから「こっちだ《シュダー》、こっちだ《シュダー》！」と語尾を伸ばして叫びます。約束し、招き、誘い、嘘をつき、東からの声をかき消して、あらゆる手段を用いて道を錯綜させるのです。塔は迷いはじめました、複数の呼び声の中で方向を定めるのは難しく、鋼鉄の頭がくらくらします。何キロか東へ進んだのち、子午線沿いに南へ方向を変え、ふたたび進行方向の方位を変更して、そして、途方に暮れ、無力になって、信号が渦巻く中をやみくもに、道を失ったまま、どこへ、なんのために向かうのかもわからないまま、電波の引き綱の中をただ導かれるままに進んで行く。いまや、いたるところで意地の悪い歓喜が湧き起こっています。召還の道筋にあたってしまった村や町の住民たちは、万が一鋼鉄のかかとに遭遇してしまわないように一時避難させられます。パリではアンヴァリッドの礼拝堂のそばのでこぼこになった広場が大急ぎで均《なら》され、おとなしくなった塔の進行手順が入念に準備されました。けれども途中、三つの国境が出会うところには、山の斜面に穿《うが》たれたボーデン湖の静かな水面と深みがある。打ち負かされた女巨人はこの青い鏡の上を通る際に、自分の反映が反転して針を底に向け、太陽に透けて岸から伸びているのを目にします。いまわしさにぶるっと鋼鉄に響く震えがきて、――最後の怒りの発作に駆られ、塔は電波の引き綱を破り、重い前足を上げ、そして、後ろ足で立ち上がって、アルプスの岩棚から――想像できますか？――尖った頭のてっぺんを下にして飛び降りるのです。続いて落石やがけ崩れの轟音がして、それから、谷から谷へと、嵩《かさ》を増した水がうなりをあげて跳ね上がる、――岸から溢れ出た湖の上には、死の痙攣に硬直した自殺者の鋼鉄の足の甲。とりあえず大筋だけと思っていたのに、いささか夢中になってしまったようだ、それに……」

そして指が、まさに物語を演奏し終えたかのように、外套の襟を伝って下がり、ポケットの中へと去っていった。話を終えた人の目もやはり、隠れ場所を探しているかのようだった。がっしりした人物の肩が、私の肩の上でごそごそと動きはじめた。

「まあ、筋の展開に手を加えるとしたら、そうだな……ただ、その話にはつじつまの合わないところがありますよ。ボーデン湖の直径は九〇キロメートルですから、三〇〇メートルの楔で湖を岸から溢れさせるのは絶対に無理ですね。* それに……」

「それに、塔というものには歩きまわる習慣がない。そうでしょう?」細長い顔の人物は笑いだして、ベンチの背にもたれかかった。こうなっては彼の外套の襟元さえ、われわれを隔てているでっぷり肥った人物の陰に隠れてしまった。そして一分ほど経ってふたたび響きはじめた彼の声は、小さくて聞きとりにくいように思われた。「よし。次のテーマだ。ほら、あそこです。見えますか?」

「どこです?」

「あなたの真正面。四階です。一番左の庇《ひさし》。窓の下五〇センチほどの、石灰のしみのあるところですよ。どうです?」

「でっぱり……がありますね」

「今、テーマもお見せします。でっぱりを眼で捉えておいてくださいよ。三フィートのところですからね。飛び降りることも、身をかわすこともできまい。テーマのやつ、はまったな」

　ここで、話しかけられていた人物も、私も、さらにベンチの反対側の端、新聞の陰から突如現れた一対の眼鏡のレンズまでもが、奇妙な他人のゲームに引き込まれて、細長い顔の人物の注意を引いた横桁を眼で探したのだった。事実、並木通りの木々よりも上、改築中の建物の、窓と窓が乱雑に重なりあっている間のところに、垂直の壁面に突き出ている、幅が狭く長さの短いでっぱりの列があった。

「これは、まあ、ひとつめの被加数といったところですね、ふたつめは、まあ、なんでもいいけれども、——とりあえず猫にしておきましょうか、どこにでもいる野良の牡猫です。さあ足し算をしてみましょう。なにかの拍子に——石をひとつふたつ投げられたか、それとも餓えのせいかもしれませんが——階段のジグザグを上の階へと追いたてられたわれらが猫は、開けっ放しのドアからだれかの家へ入り込みます、それともまあ、事務所かな、人が定時から定時まで……そうだな、事務所だ、この方がいいだろう。足でどやされて追い払われた猫は、恐怖の反射で窓辺に飛び上がり（窓は全開です）、そこから下へ、ほら、このでっぱりへと飛び降ります。導入部はできましたね。もっとも、悪くないでしょう——われわれはいとも簡単にやってのけられるのだし——この建物の煙突をつかんで、四階建てを三〇階まで引き伸ばし、街路を狭め、大気を電線で蜘蛛の巣状

＊　実際の湖幅は最長約六三キロメートル、最短約一四キロメートル。

にして、下方には、タイヤで磨きをかけられた巨大都市のアスファルトに何百、何千もの自動車の車輪の回転を始動させ、地面に目を向けて道を急ぐビジネスマンたちの集団を放《はな》ってみても。

さて。猫は消えて、猫にちらりと向けられそうになっていた二、三対の目玉も、ふたたび数字とそろばんの玉へと向かいました。窓は閉まりました。まもなく仕事を終えた人々の背後で、ドアもがちゃりと閉められてしまった。猫はただ一匹、壁の垂直面にはめ込まれたレンガの細い帯の上にいるのです。上の窓は近いけれど、飛び上がろうにも助走もできず、踏み台もない——こっちは無理です。死んでしまう。下の、でっぱりからでっぱりへと飛び降りていくというのも希望はありません——遠いうえに、爪で石につかまることはできません。死んでしまう。猫は慎重に筋肉を伸ばし、壁沿いに一歩進もうとします、が、なにもない。毛を逆立て、瞳孔の緑の孔《あな》を細めると、煙った空気の下を這っているしみが見える。敏感な耳をそばだてると、止むことのない街路の轟音が聞こえる。待つより他にないのです。あらかじめお断りしておいたように、われわれが相手にしているのは、感傷的に喉をゴロゴロさせるようなことは一切ない野良猫、けんかで耳の裂けている、餓えにくぼんだ脇腹と生活にすり減った心臓の持ち主です。われらが主人公はおびえることも、自制心を失うこともありません。彼はあらゆる可能性を奪われている、眠る可能性以外は。なるほど——壁にしっかりと身を寄せて、猫は目を閉じます。ここで、三〇階の高さの、死から二インチのところに宙吊りになっている猫の夢を出してくることもできますね。でも、先へ進むことにしましょう。夕方の肌寒さ、それとおそらく空腹が、彼のまぶたをこじ開けます。下方からはたくさんの明かりが、動いていたり動かなかったり。足をこうやって伸ばして、背中だって、わかるでしょう、伸ばしたい。でも、場所がない。動きを奪われた放浪猫の瞳孔は夕暮れに拡がって、壁面を行き来しています。壁には一面に黄色い窓がはめ込まれている。猫は当然知りませんが、窓の向こう側ではヨーロッパの政治体制が約百年後にはどうなっているか議論が交わされていたり、ボストンで流行している宗教に関するレポートを聞いていたり、チェス盤の格子の上で沈黙していたり、さらには……けれどこんなことはすべて猫にとっては（私がどんなに小説のトリックを用いて説明したところで）、こんなことはすべて、繰り返しますが、まったく意味がない。足下にあるのは石の張り出しで、どこへ足を踏み出しても、上であろうと下であろうと、死んでしまうのです。狡猾な猫はふたたびまぶたの下、眠りの中に隠れようとします、が、真夜中を迎えようとする頃の寒さが、もつれた毛皮の下に入り込んで来て皮を引っぱり、寝かせてくれません。窓はひとつ、またひとつと明かりを消していきます。上からは、はじめにまばらな水滴がぽたぽた、それから冷たい土砂降りの雨の鞭打ちが来る。濡れた石が足の下からすり抜けようとするので、猫は震える身体を壁にぴったりくっつけてわめきたてるのですが、土砂降りの雨が屋根の傾斜にあたって大音響を立て、轟音とともに樋《とい》をいっきに流れていきます。哀れな猫の鳴きわめく声は、猫自身の耳に届くのがやっと。そしてまもなくどちらも沈黙します――大雨も猫も。下の方の階でまだ残っていた窓の明かりがすべて消えます。鏡のようになった屋根には、バラ色の朝焼けが反射しています。

そして再び太陽が、朝を伴って蒼穹を転がり出てきます。カーテンが開きます。下方の石の穴からは、クラクション、蹄や車輪の音、群衆の騒音とうなりが聞こえてきます。ほら、通りがかりの人がたまたま頭を上げて、どこかあのへんの上のところ、屋根のすぐ下のあたりに黒い点を見つけます。「あれはなんだろう?」と、この人は眼鏡のレンズ越しに眼を細める——が、時を刻む針の矢印が通行人を先へと押しやります。正午です。二人の子供が家庭教師のかさかさの指に左右からつかまって散歩に出ました。口をあんぐり開けて、電線や壁や軒をきょろきょろ見回しています。「先生、あれはなに?」——「足元を見なさい」。こうして小さな人間たちは、人々の足元を見ることを学ぶのです。太陽は猫の毛皮を乾かして、もつれたままかたまらせてしまいました。餓えはどんどん凶暴化して、猫の腸を絞る。猫はもう一度大きな鳴き声を出そうとしますが、渇いた口から出てくるのは声ではなくて息の漏れる音です。暑い太陽にまぶたが下がっても、悪夢にすぐさま目が覚める。庇から頭を乗り出して見ると、街路の底が揺れ、突然眼の方に向かって這い出し、どんどん近づいてくる。筋肉を収縮させて、猫がジャンプしようとすると……そこで目が覚めるのです。アスファルトの底は、あたかもエレベーターが三〇階から下に落っこちてしまったかのように陥没しています。

ふたたび夜です。ふたたび窓の黄色い四角形たちがあらわれる。どの窓の向こうにも、言葉の長蛇の列や、問題や、一対の眼を辛抱強く待ち続けているしおりがある。ふたたび深夜が来て、街は静かになって、歩道を裸にします。孤独な猫は、耳を石に押しつけて、自分とアスファルトの間にぶら下がっている電線の鈍いうなりを聞くのです。

もう一度夜明けです。隣のでっぱり、猫の口元から三メートルのところで、雀たちがさえずりはじめました。猫は唾をごくりと呑み込んで、濁った眼で陽気なさえずり屋たちを追います。雀たちはでっぱりから飛び降りて、空気の中へと潜ります。

すがすがしい朝です。三階下で、太陽にとびらを向けて窓が開き、そこからもつれ合う鍵盤の、たとえばメトネル*の『おとぎ話』、——いや、こっちの方がいいな——バッハのコラール前奏曲——堂々と安らぎに満ちた対位法の音の組合せです。猫にはなんの意味があるでしょう。彼が知っている音楽といえば、しっぽに結びつけられたイワシの空き缶の音くらいで、バッハにはなにも感じない、それにカタルシスも、申し訳ないが、どうしたって生まれようがないのです。そのうえ、急に強まった風が窓をバタンと閉じて、ハーモニーもばったりと途切れてしまいます。この風は、知っておいていただきたいのですが、ときどき朝に海から吹きつけてくるやつで、そよ風のひ

＊　ニコライ・メトネル（Nikolai Karlovich Medtner, 1879-1951）はロシアの作曲家・ピアニスト。友人のラフマニノフとともに、ロシア・ロマン派音楽を代表する存在のひとり。一九二一年に演奏旅行で出国し、そのまま欧州に留まった。一九二七年に一度だけソ連演奏旅行を行っている。詩や文学をモチーフとした作品も多く、『おとぎ話』と題されるピアノ曲を複数残している。

と吹きからはじまって、突風に変わることがよくある。今回もそうで、はじめ風は皮膚病のようにくっついてかたまってしまった猫の毛を優しく撫でるのですが、それから速度を上げて、猫を石の横桁から引き剥がそうとする。猫にはもう抗《あらが》うすべがありません。かすんでいる目を見開いて、猫は力を失っていく爪で石の粗面にしがみついています。けれども風は、空気をさっと一振りして足を掬《すく》い、——そして、でっぱりを空《から》にして、猫はあっという間に下へと落ちていきます。途中、突風に揺れる電線があります。一瞬それらは身体を受け止めて、そして、壁に向かってゆらゆらと、優しく、慎重に、あたかも揺りかごの中にいるように野良猫を揺らしますが、その後鋼鉄の輪が広がって身体を解放し、下のアスファルトに落としてしまいます。死体の上を、自動車のタイヤが、それからごみ屋のリヤカー。そしてわれわれのテーマも、まずは鉄のシャベルに乗って、それからごみになる。今、ほとんどすべてのテーマが捨てられているところ、それが……テーマであるというだけで」

この話が向けられていた人物は、右足を左の足から外して、左足を右足の上にして足を組んだ。これはあまり反応らしくなかった。ベンチの反対側の端の眼鏡は、猫の物語に注意深く焦点を定めていたのが急に逸らされ、まもなくそれはだれか別の人の一対の眼に取って代わられ、すぐさま派手な色遣いの本の表紙の向こうに隠れた。

話を聞いているうちは気づいていなかったのだが、夕暮れが迫っていた。空気が冷たくなってきて、壁から壁へと揺れていた。木の葉が震えはじめ、道の上には砂埃が舞いあがって、そしてどこからか、おそらく建築現場からだろうが、われわれのベンチのところに鉋《かんな》くずが飛んできた。螺旋に沿ってすばやく回転しながら鉋くずは並木道の歩道を渡り、ベンチから数歩のところで止まった。そしてまさにそのとき、羽根のごとくに軽やかな鉋くずの曲線の方へと向けられたテーマ捕りの注意深い顔が見えた。彼は優しく眼を細めて鉋くずを見ていた。

「ほら、これだってそうだ。この丸まっているところをまっすぐに伸ばしてよくよく眺めたならば、やっぱり空っぽじゃありません。短編で、まあ、タイプライターで七枚程にはなるだろう。タイトルにも凝る必要はない、『鉋くず』だ。そう。それから慎重に、螺旋を辿って、なにか、こんなふうに。労働者で家具職人の青年、とりあえず、ワーシカ・チャンコフとでもしておきましょうか。彼は自分の仕事を熟知し、仕事を愛しています。斧と鉋をふるったならば、どんなものでも喜んで、素早く丈夫に作って見せる。ただし村は貧しい、だが腕は働きたくてうずうず、で、ワーシカ・チャンコフは、仕事を求めてときどき街に出る。仕事が終わるとまた村へ。行きは傾いた木箱に入った鑿《のみ》、斧、鉋がワーシカのお供、帰りには、言ってみるなら切符も持たず、鑿に隠れてアジテーションのビラの束。要するに、街の会合は、はじめは余暇を、のちにはそれ以上のものを奪ってしまう。出来事に次ぐ出来事。二月――七月――一〇月。* 党は地下から出て、権力を掌握する。

＊　一九一七年のロシア革命のこと。二月革命、七月事件、十月革命をさしている。

家具職人ワーシカは、もうかなり前から同志ワシーリイになっていたのですが、*鑿の入った南京錠付きの箱を、書類でぱんぱんに膨らんだ、鋼鉄の留め金のある革の鞄に持ち替えます。仕事は頭のてっぺんを超えるほど多い。複数の自動車に運ばれて、同志ワシーリイは会議から会議へ、あちこちでタイプライターを打つ音が響いて、「急ぎ」――「至急」――「ただちに」と、電話がひっきりなしに鳴っている。同志ワシーリイのまぶたは不眠に腫れて、指には鉛筆が食い込んでいる。演説、決議、大会、出張、緊急召喚。ごくたまに睡眠、――それも控えめで、靄《もや》がかかって……木造の小さな家々の上に煙が立ちのぼり、熟したライ麦が風にざわめく……、と、ふたたび書類鞄がガチャリと開いたり閉じたり、「審議済み――決議済み」、そして指の間に鉛筆が挟まるのです。

そんなあるとき、――私が言うのは、もっとも平凡でありきたりの「あるとき」ですが――また電報が、チャンコフが十分に睡眠を取るのを妨げ、彼の足をブーツに突っ込みます。肘の下に書類鞄を押し込んで、彼は階段を駆け降ります。玄関前では自動車がうなっている。足でとびらを蹴った、――と、そのとき、さざ波のような朝のそよ風に乗って、なんとも軽やかな、女性の巻き髪のようにカールした、樹脂のいいにおいのする鉋くずがこちらへ飛んできた。チャンコフはあたりに眼をやります。だれもいない（運転手は幌《ほろ》を直している）。急いで身をかがめました。軽やかなロールが螺旋を指にこすりつけ、書類鞄に入ります。そして幌がかぶせられ、ドアがばたんと閉まって、自動車は複数の会議を通過して、玄関から玄関へ。演説、特別な見解。演説がもうひとつ。だれかが数字に数字を対置する。チャンコフも数字で数字をと、いつものように書類鞄を開いて、指で仕事の断面を探ります、が、ここでまた、ちいさな、柔らかい巻き毛のようにカールした鉋くずが。そしてすぐさま指の血管を通して、慣れ親しんだ、人生にたたき込まれたあの感覚が起こります。人差し指と親指の間に鉋の斜めのでっぱりが感じられて、手首の上には、木と樹脂のいい匂いのする鉋くずのカールがゆっくりと渦を巻いて、かさかさと音を立てて優しく滑っていく。同志ワシーリイは手を引っ込めようとしたけれども、手遅れでした。指から神経の糸を通って脳へ、温かい点滴が入っていき、耳の中では目に見えない作業台がきしみ、肘の下ではざらざらした板が揺れて、指は慣れ親しんだ、にわかに目覚めた昔の大工仕事の感覚にむずむずしてひきつります。チャンコフは責任ある立場なので、指を鉛筆に近づけようとする、けれども指はいうことを聞かず、己の要求を通そうとします。人差し指のまわりにはすでに、結婚指輪のごとくに鉋くずがしがみついていて、手首どころかもう、手全体、肩、身体が、収縮し、緊張して、あの昔の、年月とともに血と筋肉に染みついた仕事、身体から無理やり引き剝がされたものを呼んでいる。要するに、村のワーシカがふたたび存在の権利を主張している。彼は何年も何年も沈黙していたし、もっと沈黙し続けられたかもしれない、が、小さな鉋くずが、それに……あ、見てください、ほら鉋くずが……」

＊　ワーシカはワシーリイの素朴な呼び名。

われわれ、ベンチにいた全員が、伸ばされた指を目で追ったが、鉋くずは、あたかも話を聞くのに飽きたかのように、突然螺旋を回転させはじめ、あっさりと風に吹かれて、歩道沿いに転がっていった。物語も風に吹き飛ばされてしまったように思われた。だが、沈黙は一分より長くは続かなかった。

「ほっておこう。そういえば……」と、考えながら、あたかも独り言のように声が語り続けた。「足元に薬莢を見つけたことがあった。そうそう、どこにでもあるような、雨で錆びた、小銃の薬莢だ。どこかこの近くの並木通りだった。それが砂の中に埋まったのは、まだあの、ねえ、われわれが互いに銃声で会話していたころのはずです。それが今ふたたび……表に出てきたのです。まあ、私はそれがなにを言おうとしているのか、すぐにわかりましたよ。すぐにね。だって薬莢がなにを語れるでしょうか。五つの弾丸は――ひとつ、またひとつと――五つの弾道を通って五つの標的へ。得られた物語の図式は、アンデルセンの『五つの豆粒の話』のようなものか、あるいはわれらがロシアの王子と三つの矢の話のような……銃弾が牧歌的な豆粒より現代的でも、それは私のせいではありません。さてさて、五つの命、五つの物語を薬莢の中に入れて、私は試してみたのですが……、ですが、あなたにはつまらないでしょうね」

陰気な対話者は否定しなかった。さらに一分が経過したが、そのときわれわれの背後を、電流の音をうならせ、レールをがたがたいわせて、はぁはぁと息をつきながら、路面電車が車両を引きずっていった。

「それとも、これはどうです。都市の自殺のひとつについて書くとしたら——古いけれども擦り減ることのないテーマですよ——表題はほらそこ、二〇歩ほどのところに、白地に黒で書いてある。振り返って書き写せばいいだけだ」

語りかけられていた相手は身動きひとつしなかったが、私は振り返ってみて、すぐさま表題を目にした。実際に、三つの赤い灯の下、空中に吊ってある、いくつかの欄に区分された板に白地に黒で書いてあった。

「そうだ」と細長い顔の人物は、突然肘を膝について低く身体をかがめ、顔を落とした。「私がいつか、のどを縄の輪っかに入れたり、刃の取り消し線の下に置いたりするやつらのひとりについて書こうと思うなら、超散文的で都会式に『要望に応じて停止』と名づけるだろうな。そう。正しく組み立てられた表題があれば、そこから、あたかもフックから毛皮のコートを取るように、テクストの全体がするっと取れる。なにしろ表題は、私にとって後続する言葉を導くべき最初の言葉だから、最後の言葉もその中にある。もっとも、これは人によって異なります。そうそう、よく言われますよね……」彼は、急に声を強め、夜を迎えて点灯していく窓の四角形を視線で行ったり来たりしながら続けた。「テーマがないとか、われわれは無テーマ状態にあるとか、猟犬を連れて来んばかりにストーリー狩りをして、否応なしに、イメージとイメージの新しい結合のひとつひとつを集団で狩りだして、ところが実際は、この呪うべきテーマから、なんともいまいましいことに、逃げも隠れもできやしない。あたかも太陽光線の中の塵か、それとも沼の上の蚊——こっちの方が正確だな——みたいなやつだ。テーマ?! あなたはテーマがないと言う。ところが私はまさに脳がテーマの釘で打たれまくっているみたいだ。寝ても覚めても、あらゆる窓、あらゆる眼、出来事、物、言葉から、群れをなして襲ってくる。そしてそのひとつひとつが、一番ちびのやつまで、針で刺してやろうとしきりに狙っているんだ。針で！ なのにあなたは言う……」

「私は黙っていますよ。そして考えている、事実無根だと。作者がいますし……」

「作者?」ぼさぼさのあごひげが神経質に動いた。「いや、それは言い過ぎだ。亜流の追随者はいます。それに、ねえ、一文字加えれば盗作者ですよ。今、テーマはどのように発見されているでしょうか? 図書館の移動式はしごを登ってテーマを追い、そして背表紙の下から巧みに捕獲する人たちがいる。まあ、この人たちはまだいい。別の人たちは互いの手から奪い合い、国家注文主にしつこくせがむ。もっとひどいのは地下の、非合法の文学取引所だ。筋立てがすっかりまとまってしまうまで、あっちにもこっちにも顔を出して覗き見するくせに、自分の頭を覗いてみようという考えだけはまったく頭に浮かばない。ああ、もしもほら、あの広告柱に、赤い三〇センチの文字で「円柱の間《ま》〈文学の非存在について〉」と書いてあったなら、そう、私は彼らに……」

話し手の声は一オクターブ跳ね上がった。二、三の通行人がわれわれの方に頭を向けて、歩みを緩めた。でっぷりした対話者は膝を動かし、背中をベンチからはがした。彼の顔は（まさにちょうどこのとき、街灯から明るい電気の黄色い光が差してきた）、嫌悪感とも困惑ともつかない表情を示していた。だが、テーマ捕りは両の手の指で聞き手の肩と肘を、あたかもそれがまだ形を得ていないが、練成に値するテーマであるかのようにつかんだ。テーマは手を引き離し、なにかぶつぶつ言おうとしたが、テーマ捕りの声が、高いファルセットから低い申し訳なさそうなささやき声へと急降下して、引き離されようとしている肘をなんとか抑えた。

「あなたは、〈事実無根〉とおっしゃる。まったくそんなことはない。われわれ作家は物語を書くが、文学史家、それを歴史に入れるか入れないか、扉を開くのか閉ざしてしまうのかを掌握しているその彼らも望んでいる、わかります？　望んでいるんですよ、物語について物語ることを。ほかにどうしようもないでしょう。だから、一〇語で言い換えることのできる、物語るのに都合のいいものが扉の中にもぐり込んでいく、そうでしょう、だが、何に関してなにも提示することのできない書きものは、とり残されるんです……無の中に。ですからほら、ちょっとやってみてください、あなた……」

「私は急いでいます」

「それこそ私に必要なものだ。やってみてくださいって言ってるんですよ、大急ぎで、二、三語で意味を要約し、本質を引き出してみてください、そう、現代文学の、どっちつかず、あるいはあれもこれもでしょうか、どれでもいいですから。やり方もお任せします。さあ、述べてみてください。好きなものを選んで、三語でね。どうぞ。おや、できないんですね？　それでは、今度は未来の歴史家の身になってみてください。彼だって、気の毒ですが、やっぱりできないでしょう」

テーマ捕りは、急にこの対話者への関心を失って、いきなり右に移動した。ベンチの端には、半分まで読みかけた本に指を挟み、耳を注意深くそばだてて、議論の沈黙の証人がもうひとり座っていた。彼はずいぶん前に読むのをやめて、あきらかに聞いていた。彼の顔は下の方がスカーフで巻かれていて、上の方はハンチング帽の長い影に隠れていた。

　右側の隣人のひざの上に置いてある派手な色遣いの表紙は、すぐさまテーマ捕りの落ち着かない眼を捉えた。

「おや。ウッドワードの『Bunk』〔『たわごと』〕の翻訳ですね。* なかなか面白いですよね？」

　肯定のしるしにハンチング帽の影がうなずいた。

「ほらね」、と細長い顔の男はふたたび表情を輝かせた。「はまったんだ。なにに惹かれたのでしょう？　あなたは読んでいないのですか？　ほんとうに？」と、彼は肩越しに振り返った。「さて。核となる理念は、人生を構成しているたわごとの山をすべて、たわごとでなくすことです。筋の展開のあらましはこうです、長篇小説を書いているある作家が、登場人物の失踪を発見します。ペンの下からするりと逃げて、それっきりなのです。仕事は停滞しました。偶然、ある文学会に顔を出した際に、作家は自分の登場人物とばったり出会って、吃驚《びっくり》してしまいます。相手は会場を出ようとしたのですが、作家は――たぶん、こうだな――彼の肩と肘をもうつかんでいて――こんなふうに――そして、「ちょっとお聞きなさい、ここだけの話、あなたは人間ではないじゃありませんか……」と。結局二人は、以後互いに傷つけあうことはせず、共同の事業、つまり小説に全力を尽くすことを取り決めます。作者は主人公を、筋の展開に必要な人物に紹介します。今度はこの人物がある魅力的な女性に紹介し、彼は彼女に一瞬でぞっこんに惚れ込んでしまう。そしてすぐさま、小説中で創作される小説のそれ以降の諸章は輪郭がぼやけ、ゆがみはじめて、あたかもタイプライターの紙押え棒から外れてしまった紙に打ちだされた行のようだ。作者は恋愛にすっかり夢中の登場人物から小説の材料をもらえないので、女性と縁を切ることを要求する。登場人物は言葉を濁して時間を稼いでいる。ついに我慢の限界を超えた作者がただちにペンに従うよう要求し（会話は電話で行われています）、さもなくば……と脅す、けれども登場人物は、ただ受話器を置くのです。終わり」

一〇秒ほどもテーマ捕りはいたずらっぽい、ほとんど子供のような笑顔でわれわれ全員を見まわしていた。その後、眉間に縦皺が現れて、あごひげが指の間で逆立った。

「いや、終わりじゃない、この結末は正しくない。要点からずれている。私ならこれは……ふむ……よしよし、ちょっと待って。そうだな。電話はなしだ、顔と顔を合わせなくては。作者は求めるが、登場人物は拒絶する。売り言葉に買い言葉で、決闘だ。争う。登場人物が作者を殺す。そう

＊　ウィリアム・ウッドワード（William E. Woodward, 1874-1950）は米国の社会主義作家。一九二三年、長編小説 “Bunk” で作家デビュー。一九二七年に “Bunk”, “Lottery”(1924), “Bread and Circuses”(1925) の三作がロシア語に翻訳されている。

そう、こうでなくては。そして彼女、似非《えせ》人間がその心を得ようと無駄な骨折りをしていた彼女は、決闘が自分のせいだと知って、自分から彼のところにやって来る。だが今となっては、登場人物である男は愛することも、愛さないことも、そもそも一切なにもできない。作者がいなければ彼は無、ゼロなのだ。Punktum［ピリオド］。この結末なら、おそらくいい線までいっているんじゃないだろうか。もっとも……」

話していた人物はいきなりぷっつりと話をやめ、突如として自分の殻に閉じこもってしまって、だれの顔も見ずに、立ちあがって並木通りを歩いて行った。ここでさらに予期せぬことが起こった。彼の対話者は、この非現実的な計画者から逃れる機会を探しているように見えていたのが、すぐさま、あたかも繋がれているかのように肩を起こして、おとなしく後を追ってのろのろと歩き出した。

ベンチの中央は空になった。端に座っていた男は考え込んでいるように本の最後の頁を繰っていたが、今聞いたばかりのことを確認しているのはあきらかだった。それから私を見た。われわれは会話を始めたかも知れなかった。だが、このとき彼と私の間に空いていた場所に女性が座った。彼女はまず鼻におしろいを塗って、それからタバコをちょうだいと言った。私も口元にスカーフを巻いた男も、トヴェルスコイ並木通りで文学の話をするべきではない時間になろうとしていることに気づいた。互いに会釈をして、われわれは別れた。私は左、彼は右に。

3

テーマ捕りとの二度目の邂逅は同じくらい思いがけなく起こった。私の家からほんの数歩のところ、肘と肘とがぶつかる距離だ。彼はぼんやりと歩いていたが、故意に手が触れてきたのを感じて、当惑したように眼を上げた。

「人違いではないですか、それとも……」

「いいえ。私はあなたを呼びとめたのです、自分を登場人物として提供するために。それともあなたはこんな、私のような者は使いませんか？　でしたらどうぞご容赦を」

困惑の微笑みを浮かべて彼は私を見たが、いまひとつぴんとこないようだった。私は記憶を喚起した――並木通りのベンチ――二股に分かれた小説の結末――いくつものテーマ。突然彼は嬉しそうにうなずきだして、私の手をつかみ、友情を込めてそれを振った。私は慣れていた。物とは別のところで公式や空想に囲まれて生きている人々は、物事が少しずつしか変化しない日常とは無縁であり、友達になるのも友達でなくなるのも一瞬で、余すところがないのだ。

「私が興味を持っているのは」と、どこへ向かっていたのだろうか、いや、おそらくどこへも向かってはいなかったのだろうが、古くからの知り合いであるかのようにわれわれが並んで歩きだしたとき、私は冗談を真剣な調子に変えた。「あなたの無テーマに対する告発です。被告席のベンチにいるのは誰、あるいは何なのでしょう？　ただ現代文学の今日だけなのか、それとも……」

彼は微笑んだ。

「ベンチと言っても、なんの変哲もない並木通りのベンチに、あなたと私が座っていた。私が話して、あなたが聴いていました。行なわれたのは報告であり、告発ではなかった。おまけに、あなたが〈現代文学の今日〉と名づけるものに、まったく、あるいはほとんど罪はありません」

「その場合、理解できないのは……」

「罪はありませんよ」と、道連れはかたくなに繰り返した。「なぜなら……そういえば、イギリスのある雑誌で、少女と乗合馬車のカリカチュアを見たことがあります。ひとつ目の絵は、手に籠を持った少女が、いまにも出発しそうになっていた乗合馬車に追いついたところです。けれども高いステップによじ登るためには、籠を地面に置かなければなりません。ステップになんとかよじ登って、少女は籠を振り返ります、しかし乗合馬車はもうその場を離れていました。そこで――二番目の絵ですが――かわいそうに、少女は飛び降りて、籠のところまで走って戻り、籠を持って、のろのろと進んでいる満員の乗合馬車を追いかけます。彼女はふたたびステップに追いついて、今度は籠を先に上げるのです。ところが彼女がこれをやっているうちに乗合馬車は速度を上げ、少女の方は――三番目、最後の絵ですが――疲れきって息を切らし、道路に座っておいおい泣いている。私が言いたいのは、文学の乗合馬車は待ってくれない、だから詩も、現在の条件ではどう頑張っても滑りやすいステップをものにすることはできないということです。文学に詩人自身が飛び乗ったとしても、気づいてみれば詩は置き去りにされて、文学の外にいる。ステップ、すなわち芸術的レベルに詩が達したならば、気づいてみれば詩人は疎外され、離反者となって、完全に外にいる。あなたは当然、同意なさらないでしょうね」

「そりゃあ、まず賛成することはないでしょう。ですがあなたと会うのが私に必要なのは反駁するためではなく、質問するためだ。では、まだあなたの乗合馬車に馬もつけていなかった頃についてはどうお考えですか？　……まあ、要するに、以前、革命前の詩についてですが？」

彼はどうでもいいといった風に肩を動かした。

「私はうしろを振り返って考えることはまずしません、前だけだ。けれどもどういうわけだかそれがあなたに必要なら……もっとも、わけのわからない、質問にそぐわないものになってしまいそうだ」

「話してください」

「じつは、かつて、生活が震撼される前、と言いましょうか、地方のある陪審員と知り合ったことがあります。よれよれの襟、妻、子供たち、脂染みのある燕尾服、けれども、破けかけた書類鞄の上には、金属のねじで留めつけられた銀メッキの文字の滑らかな連結で〈言葉で燃やせ人の心〉と。こんなところです。わかりにくいようなら、努力してみますが……」

「わかりました」

「もちろん」と、道連れの人は言葉を速めて続けた。「もちろん、陪審員はとっくに消えてなくなったし、関連のものも陪審員と一緒に消えた、*でも〈言葉で燃やせ〉がねじで留めてある彼の書類鞄は無傷で残っています。少なくとも一度か二度はそれと遭遇したことがあると思います。正直なところ、最終的に確認するまでは至らなかったのですが。どちらの場合も書類やファイルの山が上に乗っていましたから、でも、はみ出している角たちの表情になにかがあって……要するに、すぐにぴんときた。あれだと」

「あなたは変わった人だ」私は微笑みを禁じ得なかった。「で、最後まで話してください。あなたの書類鞄との神秘的な出会いはいったいどこで起こったのです？」

「最後に会ったのは、なんと、つい最近なんです。ある著名な編集者の執務室です。赤鉛筆と便箋の隣でね。ほんとうですよ。なんで笑うんです？」

もっとも、一秒後には彼自身も、子供っぽく口を曲げて眉をぴくぴくさせながら大笑いしていた。怪訝な顔の通行人たちがわれわれを避けて通って行った。あたりを見回すと、なんだか知っているような知らないような十字路だった。教会の小さな鐘楼で耳をそばだてている天窓、それに石畳の間にもぐり込んでいる生気のない草、どこか脇の方、低い建物が列をなしている向こうで、街の弦がうなる音が弱音器で抑制されていた。

申し合わせたわけではなかった。対話それ自体がわれわれを静かで人気《ひとけ》のない郊外へと導いたのだ。

先に言葉に戻ったのは私だった。

「つまり、あなたはあそこ、便箋のそばまで行ったことがあるわけですよね。あなたのテーマもですか?」

「ええ」

「結果は」

「不採群」

「というと?」

「つまり……私の手稿は全部、はじっこにスタンプを押されたんですよ。番号と〈不採〉。〈不採〉の立派なコレクションだ」

「まるでわざと集めたかのようにおっしゃいますが……」

「最初はもちろん違いますよ。でものちにはほとんどそうでしたね。〈採用されるか採用されないか?〉ではなくて、いかに採用されないか、が気になるようになった。地方の貧しい代言人の書類鞄を持ったあのひとたちが、話したり、日取りを決めたり変更したり、論拠を述べたり、鉛筆で空白に所感を書き込んだり、寛大にも世界観を披歴したり、受話器に向かってうなずいたり、鼻眼鏡を直しながら請願者に対して眼を細めたり、その眼鏡ときたらまったく、レンズを変えなくて

＊　帝政ロシア時代の陪審制度は一九一七年に廃止された。

も、話し相手の名前の偉大さあるいは無名さの度合いに従って、近視になったり遠視になったりするのですが、そういったふるまいをする、その人たちが次第に私にとってはテーマになっていきました。それから、彼らと会うことが私にとって純粋に実践的な意味を持つようになったんですよ。だってテーマを最後まで解明し、その刺激を味わい、状況的にも能力的にも可能な限り研究し尽くしてしまうまで、私は落ち着かないのです。けっして。そう、編集者たちは仕事上の義務として、まだ私の原稿と、ついでに眼ともかかわっていかなければならない。私がこの人たちを自分のまつげの下に隠してしまうまでは。

　モスクワにやってきた私が（あれは六年ほど前のことですが）、そびえ立つ革命の背中にまっすぐぶち当たったことは知っていただく必要があります。* レンガをかなり失った壁には、弾丸の自由奔放な筆致とにじんだポスターの絵具が……釘で打ちつけられている玄関もありました。それに、ひとつめの編集部に向かっている途中——私はそこに歩いて行ったのですが——ちょっと離れたところにある並木道に、もの凄く表現力に富んだベンチが（一生忘れられません）あったのを覚えています——背の部分は失神しているかのようにそっくりかえって、痙攣に襲われた足のひとつがあまりにもだらしなく上を向いていました。私は編集部に短篇集を見せました。表題ですか？とてもシンプルだ。『消された人々のための物語』です」

「編集者はなんと？」

「〈むずかしい〉の一言で突き返されました、表題の下をちらりとも見ずに。別のところでは私の包みは私の手を離れて到着便になり、発送便として私のもとに返ってきた。第三の……まあ、退屈な話ですね。そういえば、こんなこともありました。原稿の上に鉛筆で〈心理主義〉と。ただ一度だけ、一種の注目のようなものにぶつかったことがあります。編集者の机に座った人物は原稿の頁を繰ったあと、私を鉛筆の芯のように鋭く削られた瞳孔で眺め、そして鉛筆で机をコツコツ叩きながら「で、あなた自身は消された人なのですか、それとも消す人なのですか？」と。正直言って、私はこんな質問は予期していなかったので、「わかりません」と、ひどくばかげた答え方をしてしまいました。この人は私に原稿を戻して、そして「あなたはなんとか――迂回をして、というか――こういうことは察知するべきでしょうに、そしてできるだけ早く、そうでしょう？」と。私は赤面して立ち上がった、しかし編集者は私を手のひらの動きで止めました。「ちょっと待って下さい。あなたにはペンの芯がある。でもそれをペン軸に入れて、さらに手で押さえなければならない。あなたの物語は、まあ、言ってみれば、時期尚早です。しまって、寝かせておくことだ。とはいえ、消す能力のある人は、われわれとしては望むところではある。あなたは批評のジャンルで書いてみたことはありませんか？　再評価されたものをさらに評価し直すといったような、おわかりですよね。やってみてください。待っていますよ」

＊　クルジジャノフスキイが故郷のキエフからモスクワにやって来たのは一九二二年三月、革命後の内戦が終息していく時期だった。

部屋を出た私は当惑し、動揺していました。あちら、ドアの向こうに残った人物には、なにか狼狽させるようなところがあった。一晩中、なにか固い、われわれの生涯を通してずっと敷かれっぱなしになっているテーマのようなものを肘の下に感じ、寝返りばかり打っていたのを覚えています。それから私のペンはインクを少しついばみ、『Animal disputans』〔『論争する動物』〕と。これが表題でした。続きは……ひょっとして、あなたにはまったく興味のないことなのでは？」

「話してください」

「表題と、いうなれば歌のさびに当たる部分は、デンマークのユーモア作家ホルベア*の古い忘れ去られた本からとりました。この本は、たしか『Nicolai Klimmii iter subterraneum』〔『ニコラス・クリミウスの地下世界の旅』〕**と題されていましたが、地球の内側に来てしまった――どうやってだかは忘れてしまいましたが――ある旅行者の空想的な冒険が描かれているのです。旅行者はこの惑星の内側、外殻の下に、あたかも真空の容器のように、真空状態に密閉された国家機構、生活様式、文化、それにこうした場合にあるべきものをすべて備えたある人種が暮らしていることを知って驚嘆します。地下人の生活は、かつて戦争と不和に満ち満ちていたのが、あらゆるものから隔離され、何マイルもの外殻の下に隠れて、次第に落ち着き、調和が訪れ、正常化して、固まって、動かなくなったのです。密閉された人々のあらゆる問題は完全に解決されていて、すべてが罫線のマス目の中に収まって、うまく調整されている。ニコラス・クリミウスが言うには、ただずっと昔に沈静化した戦争を記憶するものとして――いや、ともかく聞いて下さい、感動的なんですよ――この国のもっとも地位が高くて裕福な大領主たちの屋敷に、特別なやり方で餌を与えられ、育てられる animal disputans、すなわち論争する動物たちが飼われているのです。要は、隔離された国では論争することがない、すべては in saecula saeculorum〔永久に〕解決され、決まり事になっているのですから、でも、しかるべきやり方で調教され、肝臓と舌下神経を刺激する特別な食餌法によって育て上げられたディスプタンスたちは、巧みにけしかけられると、互いに声を嗄《か》らせて口角泡を飛ばすまで論争する、笑いと陽気なやじを一斉に浴びて……古い時代を愛する人々のね。私はどぎつい並行関係は示していません。ですが彼、あの編集者の机の眼を細めた人物は、なんと、理解したのです、しかも即座に、一行目から」

「それはそうでしょう。それで、もうそれ以上彼とは会わなかった。そうじゃありませんか？」

「いや。そうではありません。彼は褒めてくれさえした。「粘り強い、それに鋭いところを突いて

＊　ルドヴィ・ホルベア（Ludvig Holberg, 1684-1754）はデンマーク・ノルウェーの作家、歴史家で、北欧啓蒙主義の代表的存在。ホルベリ、ホルベルグとも記される。一七二二年に創設されたコペンハーゲン王立劇場のために風刺喜劇を執筆し、デンマーク語文学の基礎を築いた。

＊＊　一七四一年の作。一七六二年にロシア語訳が出版されている。『ユートピア旅行記叢書』第一二巻（岩波書店、一九九九）に邦訳がある。

いる、だが……」と、ここでやんわりと、鉛筆をコツコツいわせながら、彼は自分を責めはじめました。「自分は古参の編集者なのに予想ができなかった」と。「検事には……」、狡猾なこの人物は鉛筆の音を立てました。「あなたは向かないようですね。では、なんらかの思想や社会の公理、あるいは階級の典型を、まあ、弁護してみるというのはどうでしょう、——あまり期待はしていませんが、それでも……」。私はかっとなって「あなたは、私がなんでもかんでも弁護するとお考えですか？」と。「まさか」と彼は言って、その間に『Animal disputans』が私の方に押し戻されてきた。「対象の選択は完全にあなたに委ねます。そりゃそうですよ。ではまた」。そういうことなら。私はその場を去り、一週間後に新しい原稿を持って戻ってきました。それは『ロシナンテを弁護する』という題名でした」

「変わったタイトルですね」

「ですが彼、眼を細めたあの編集者は驚きませんでしたよ。この文章の基本思想は実に単純でした。私が書いたのは、歴史が人々をふたつの階級に分けたということ、上にいるものと下にいるもの、鞍に乗るものと鞍をつけられるもの、ドン・キホーテたちとロシナンテたちです。ドン・キホーテたちは幻想的なまでに美しく、また幻想的なまでに遠い目的、イデア、理想、未来の国《ツクンフトシュタート》へ向かってまっしぐらに馬を走らせ、セルバンテスをはじめとするすべての人が注目するのは彼ら、ただ彼らのみだ。追い立てられ、鞭打たれるロシナンテのことなど、だれも考えていない。拍車の鋼鉄の星がその血まみれの脇腹をうろつき、肋骨は膝と腹帯に締めつけられて踊っている。歴史を運ぶやせ馬だって、はいっ、はいっと急《せ》き立てるかけ声以外の声をいい加減に耳にしてもいい時期だ。その先、少しずつテーマを展開しながら私が話を持っていったところは……」

「で、編集者は?」と、私は割って入った。

「どうもこうも。他にどうしようもなかった。原稿を受け取りながら私が耳にしたのは「しばらくお会いすることはないでしょう。もうお会いすることはないかもしれません」でした。私がドアの方へと足を踏み出すと、机の向こうで椅子が動きました。振り返ると、彼は私の方に手を差し伸べて立っていた。われわれは互いに固く手を握り合い、そして、わかりますか、この人は私にとって——間に深い溝はあるけれども——近い人だ……他のだれよりも近しい人だと感じた。——われわれは、もちろん、もう会わないでしょう。それに、その後彼のところに私のような人間が少なからず来ていないわけはない」

　一分ほど話が途切れた。われわれが進めていく歩みの周囲には、なにやら空地や畑が広がっていた。遠くの土手沿い、汽船の煙突の上に白い煙の鉋くずが輪っかの長い列をなして渦巻いていた。

「慣習で」と、道連れがふたたび話しだした。「苦難を通ってきた魂のために、窓辺に——とても素朴ですが——きれいな水の入った小皿を置くというのがありますよね、お清めをして、その先も苦難に耐え続けられるようにと。でも、私はもはや窓も、身を清めるための小皿も目にすることはありませんでした。二年のあいだ、私は書類鞄になにも求めませんでした。書くことはやめなかった、なぜって、それは……そう、ファーブルが書いているでしょう、野生のスズメバチは、巣に穴をあけたとしても、やはり蜜を貯め続ける。蜜は穴から流れ出てしまう、だが、彼らは愚かにも、どんどん蜜を運んでくるのだと。*

日を追うごとにますます厳しくなっていきました。魚の干物と生の玉ねぎは、正直、安いけれどもあまり腹の足しにはなりません。結局、逃げ足の速い小銭を追って、番号のついたドアがたくさんあって、階段が人生のように険しい建物に行きついた。私が仕事を請うために会わなければならなかったある文芸主任は穏やかで世話好きな人でした。「責任の重いテーマは」と、彼は言いました。「おいておきましょう。そのうちふさわしい人が現れるでしょうから。偉人なら、どうぞ、持っていってください」。この言葉とともにファイルから書類を取り出した。書類には名前がずらりと並んでいて、ほとんどが線を引いて消してあった〈消された人のための〉という言葉が頭をよぎりました)。主任はいまいましそうに眉間を掻きました。「なんてやつらだ、シリーズをあっという間に鷲づかみにしていってしまった。だが、ちょっと待って下さいよ、ひとつここに隠れていた。ほら、この人、どうですか、ベーコンは。あなたのものです。四万字で。一般大衆向けに。では、この人も……」そして主任はベーコンに鉛筆を持って行きましたが、私は彼を止めました。「どのベーコンについて書けばいいのでしょう?」——「どのと言われても」と、お人よしの主任は困惑しました。「ベーコンは一人だ、彼について書いて下さい」——「二人です」——「勘違いじゃありませんか?」——「勘違いじゃありません、ロジャーとフランシスだ」。この編集者の顔が曇っていたのは一分程度でした。「いいでしょう」と、彼は手を振りました。「二人なら二人で。『ベーコン兄弟』にしましょう。六万字で」。――「ですが、すみません」私は強情を張り続けました。「どうして兄弟であり得るでしょう、片方が三〇〇歳年上なのに？」**主任の顔は善良であることをやめました。彼はいきなり立ちあがって、言い捨てました。「ほら、あなた方はいつもこうだ。こっちは助けたいと思っているのに、そっちは……なら、思い知るがいい、一人でも二人でもなく、一人もなしだ」。そして怒って偉大な経験論者を取り消して、ファイルをばたんと閉めて、ひとつのドアの向こうへ行ってしまった。私に残されていたのはもうひとつのドアだけでした。

　思い出話ばかりしていても仕方ないですね。もうひとつ苦難の話をして、それで終わりにします。友人たちが私を、ある影響力の大きい新聞の非党員専門家《スペツ》***宛ての紹介状で武装してくれたこと

* 　スズメバチはミツバチの誤り。『ファーブル昆虫記』（一八七九―一九〇七）は一九〇六年から一九一一年にかけて初のロシア語訳が出版され、その後も複数の版が出されている。

** 　ロジャー・ベーコン（Roger Bacon, 1214/1220-1294）は中世イギリスの哲学者、フランチェスコ会の修道士。世俗的な学問研究の神学における有用性を唱え、外国語と数学を重視し、経験科学の機能を説いた。光学研究を自然学の中心に据え、その発展に寄与した。フランシス・ベーコン（Francis Bacon, 1561-1626）はルネサンス期イギリスの哲学者、司法家、政治家。帰納法の概念を提起し、イギリス経験論の基礎を確立。

*** 　一九二〇年代に、共産党員でなくとも、専門職としてそれなりの地位を確立していた人々のこと。

がありました。ここの速い流れに乗れば、暗礁を脱するのも少しは楽なのではないかと夢を見そうになりました。件《くだん》の専門家が切っても切れない関係にあった新聞はもちろん赤いやつでしたが、専門家は、いうなれば、黄色い模様のある人でした。*私の新しい庇護者が〈焦眉の〉と表現した、核となるテーマに関するいくつかの戯評について話がまとまりました。「なにか共通のタイトルがあるといいですね」と、彼から助言がありました。一分ほど考えて、私は『家《うち》』を提案した。気に入ってもらえました。前金をもらい、すぐさま仕事に取りかかりました。ひとつ目の戯評は、私には焦眉のテーマを扱っていると思われたのですが、『悔恨する一三の方法』という題名でした。文章は短い指南書の形で書かれていて、あらゆる方法を列挙していた。新聞への公の手紙から、はては**……けれどもわが専門家は、その眼をこのはてはまで走らせると、非難を込めて長いこと首を振っていました。最恵国待遇の態度は、信用度ゼロの態度に取って代わられた。もっとも私には前金はやはり返せなかったので、文字で清算するよりほかありませんでした。結局、八ポイントの活字の段組みの最後に自分の名前があるのを見ることになったのですが、記事の最初の三分の一だけが私ので、続きはなにかちょっと……憤慨した私は新聞紙を持って編集部に駆け込みました。私の言葉を聞き終えた専門家はぶっきらぼうに答えました。「あなたはジャーナリズムの仕事を知らない。私は知っています、だからわれわれはこういうやりかたでのみ、きちんと仕事をすることができるのです。あなたは事実と素材を提供してください（あなたは目のつけどころがいい、それは否定しません）、結論は、申し訳ないですが……、われわれが出します」。啞然として、私は黙っていた。彼は理解しました。互いに会釈をして、われわれは別れました。おや、墓地じゃありませんか」

実際に、思い出の連なりはわれわれを郊外の、いくつもの丘に十字架を散らしている、広くて音のない死者の居住区へと導いていた。

「お疲れではありませんか?」

「少し」

木戸を通って私たちは柵の中に入った。小道がはじめはまっすぐ、それから古くて背中の曲がった十字架たちの間をジグザグに抜けていた。

「座りましょうか」

「そうですね。ほら、ここにしましょう」

緑のハリネズミのような芝生に腰を下ろした。テーマ捕りは長い足を伸ばして、目で十字架群の

＊　赤は共産党の色。ロシア語では黄色に「協調主義的な、無節操な、裏切り者の」といった意味がある。なお「黄色」と「新聞」が結びつくと、ゴシップを多く扱う大衆紙の意味になる。

＊＊　共産主義という新しい社会体制を軸とする新国家の建設を標榜していたソヴィエト連邦では、新聞・雑誌上でイデオロギー論争が頻繁に行われた。一九二〇年代後半には「論争」がイデオロギーの統制に変化していき、告発や公開謝罪の形をとるようになった。

先端を追っていた。

「ほんとうに。忙しい人類の世にやってきたならば、自分の人生を行なって、去りなさい」

私は返事をしないまま、彼の顔を見た。疲れが彫りの深い顔をさらに鋭くしていた。そして、あたかも固いねじを最後まできつく締めるかのように、彼はつけ加えた。

「三等車に席があれば。永遠に乗れるやつ。それに——一番下の寝台で。もっとも、たわごとだ」

彼の左手はいつもの身振りで外套の襟に沿って上へ下へと動きはじめた。

「私がここ、葬られた人々のところへやって来てしまったのは、今日が初めてではありません。思考のせいだ。いつも立って歩きながら考えをめぐらすものですから。歩いて歩いて、ついに道が足りなくなって、それでここへ、沈黙へとふらっとやって来てしまうときがある。ここの守衛所——ほら、右手の、門のそばですよ——あそこには私の知り合いの守衛の老人がいる。一度、彼が極めて興味深い出来事を話してくれたことがありました。作り話にはありえないようなやつです。物音が聞こえたそうです。夜明け前のことです。耳をそばだてると——バールで石を打っている。警察に電話、当直隊がやって来る、——そして皆で一緒に、墓の間を、そろりそろりと音の方へ。地下納骨堂のひとつに灯が見える。近づいていく。頭を扉の中へ、と、そこには割れた墓石の上、隠しランプを手にした背中と動く両肘が。飛びかかって、おとなしくさせた、——すると、なんということでしょう！　泥棒が手に持っているのはやっとこで、やっとこに挟んだひどく長い歯根の上には……金歯が。歯医者ですよ（もちろん特殊な形ではありますが）。「おまけにわれわれがやつをどうやって管区まで連れて行ったかといったら」と、守衛は結末を語ってくれました。「歯抜き屋は道中ずっと悪態をついていた。ああ言ったりこう言ったり。〈どうして働く人間を仕事から引き離すんだ？　あんなに大変な思いをしたのに、俺は監獄行きとは〉なんて」。で、私も——あまりにも誘惑的じゃありませんか——こいつを短篇に展開してみようと試みた。どこかうちに置きっぱなしになっているはずです（覚えてないが）。あらすじとして使ったのはこういうやつです。もう若くない、尊敬すべき（もちろん同業者の間で、ですが）押し込み強盗。ちょっと名前は忘れてしまった、いい名前だったんだが、忘れました。まあ、なんでもいいが、——とりあえずフェドス・シプィニとしておきましょう。シプィニは完璧で、好ましく、信頼のおける仕事をする。だが、年齢とともに泥棒にとっては極めて不都合な病気が現れ、進行していく。彼は徐々に聴覚を失っていくのです。年を取ってから職業で贅沢を言うのは難しい。シプィニはそれまでやってきたことを続けます。指のテクニックはどんなに困難な状況でも彼を裏切りません、でも聴覚は……あるとき現行犯で捕まってしまった。牢獄です。シプィニには〈人生は難儀なもの〉というテーマについて熟考する時間ができることになる。釈放されます。生活資金はない。いわゆる手を汚さない仕事というやつを見つけようとしてみます。老人は多くを必要としないのですしね。けれども問題はそこではありませんでした。若者だって何千人も失業している。耳も聞こえず技能もない者がだれに必要でしょうか？　また元の稼業に戻るしかない。そしてまた牢獄です。シプィニは前科者だ。彼は指紋採取室に連れて行かれ、指に蠟引きの板を押しあてられます。元の生活に放り出されたとき、老人には、指からなにかを抜き取られて盗まれたかのように、そしてこのなにか、番号を振られて資料室にしまわれたものなしでは、以前よりもさらに困難であるように感じられます。老いぼれていく押し込み強盗は、耳のいいやつら全員を嫌っています（今までも好きだったことはありませんが）。彼は仲間すらも避けるようになります。皆が陰で、つんぼでまぬけのフェドス・シプィニを笑っているような気がするのです。この先、生きた人々から盗むのはもう無理、だめだ。残るはひとつ、死人を相手にすることです。「やつらなら」と、シプィニは口をにんまりと横に開いて考えます。「俺よりもっと耳が遠い」。ところが死体を相手にするのは思ったより簡単ではありません。人々が故人に晴れ着を着せて、硬直した指に高価な宝石のついた指輪をはめ、伸ばした足にぴかぴかの靴を履かせたのは昔のこと。今ではすべてが質素でけちになって、隙さえあれば、まあ、ほんとうに、口にするのも恥ですが、人間を、虫に食われた服を着せ、足は靴なしの靴下だけで棺桶に入れてやろうと狙っている（どうせふたを閉めてしまうのだから、というのです）。「これからもこのままだったら」と、あるとき老シプィニは夜に郊外の墓地から水たまりだらけの道を戻りながら考えます。「人間が冷たくなる暇もないうちに、自分たちの手で（いつかはそこまでいってしまうに違いない）息のない口から金《きん》を引っこ抜くことになるだろう、技術も心得もなく、大急ぎで、彼らにはそんなことどうだっていいのだから。そして俺は食いっぱぐれだ」。そんなあるとき、シプィニは仕事に出ました。十字路にたたずみ、耳に手を当てて聞き耳を立てる、——どこかで弔いの鐘が鳴っていないかと。わからない。ぼんやりしたざわめきと騒音だけだ。〈棺桶〉の看板のそばをぶらぶらしてみました――ときにここで手掛かりに遭遇することがある。だれもいません。一番近い教会の前の広場までのろのろとやってきた。階段に黒い服を着た女性がいる――おお、と教会の中を覗いてみました。いる、燃えているろうそくに囲まれて横たわっている、それに参列者は清潔で裕福な身なりです。「いい兆候だ」と、シプィニは考えます。「ただし、唇の下になにがあるか、どうやってわかれと言うんだ。金歯かセメントか、あるいはなにもないかもしれない、馬じゃあるまいし、口の中を見ることもできまい」。そうこうしているうちに、教会内陣の門から聖職者と輔祭が出てきて、ろうそくからろうそくへと火がともされて、聖歌隊の不明瞭な和声が――シプィニは聞こえているというより推測しているのですが――聖人たちとともにある安息と、哀しみも嘆息もない国を約束している。老フェドスは間もなく自分も芝生の毛布の下に横たわることになるだろうと思い、ため息をついて十字を切ります。けれども最後の口づけのときには彼の中でプロの魂が目覚めます。彼は畏まって胸に両手を押しあてて列に並ぶ。お別れをする人々の順番がシプィニを棺のところまで運んでくる。足の下にはラシャに隠された段がある。シプィニは身をかがめて、青ざめて硬直した唇の間の裂け目を凝視します。振動で唇がほんの少し開く、と、内側の二箇所から金の輝きが。シプィニは儀礼を終えて、脇へと下がります。彼の顔には穏やかな満足と、悲しい義務を最後までやり遂げようとする人の真剣さが表れていました。だれかが群衆の中で、シプィニを尊敬のまなざしで見て、横の人に「なんと美しい悲哀だろう！」とささやきます。葬列は進んでいきます。リュウマチの足はシプィニのいうことをあまり聞きませんが、やりかけたことを途中で捨ててしまうわけにはいかない。彼はずるずると足を地面に引きずりながら、親戚や友人たちに交じって棺桶の後をついて行きます。若者のだれかが慇懃に彼の肘を支えてくれます。場所を覚え、頭の中で小道の曲がり角を全部数えて——仕事は夜にすることになりますからね——老人は墓地を後にします。その日の残りの時間を、彼は凍えた踵をペチカに向けてうとうとして過ごします。夜になると道具を出してきて、ふたたび遠い道のりを歩いて行きます。そしてほら、ここですよ……まあ、結末は守衛の話から、生のまま取り上げてもいいでしょう。生には勝てませんからね。そう。行きましょうか。夕方になってきた。ここも閉まりますから」

われわれは並木道の本通りに出て、そこから、教会と事務所のそばを通って、門へ。事務所の窓のそばで、わが道連れはガラス越しに中をじっと見つめてしばらく立ち止まった。

「なにがあるのです?」

「行っててください、追いかけます」

そして実際、木戸のところで彼は私に追いついて、問いかけるまなざしに出会って微笑んだ。

「見ておきたかったんです、かかっていたところに、今もかかっているかどうか。かかっていました」

「だれが?」

「なにが、ですよ。貸し出し用の花輪のことです。ここにはそういうものがあるんです。これも守衛から聞いた話です。貧しい人々のための花輪。つまり、いくばくかの小銭を払うと、立派な、人並みの金属製の花輪、陶器の忘れな草に黒いリボンの垂れているやつが、事務所から持ち出されて葬送行列を迎え、最後の儀式に参加して、その後、威厳と悲しみに満ち、豪華に、おさまらぬ悲しみを抱いて墓の上に横たわります。けれども死体を見送る人々が解散したら、守衛が貸し出し用の花輪を外して、もとの事務所へ持っていってしまう。次の棺まで。こんなことを言うとナンセンスだと笑われるかもしれませんが、私はこの花輪にほとんど身内のような、親近感のようなものを抱いているんです。だってわれわれ詩人は墓から墓へと旅する着飾った花輪ではないでしょうか？　われわれはあらゆる己の意味や本質で、死んで葬られたものにすがってはいないでしょうか？　いや、私はけっして今日の書類鞄の哲学に賛同しません。消されたものについてのみ、消されたもののためにのみ書くことができるのです」

われわれはふたたび肘と肘を並べて、郊外の広い通りを歩いて行った。間もなく向こうから路面電車のレールの乗りつぶされた並行線が延びてきた。すると静かに、私の肩のすぐそばで、

「もしも並行線が永遠で交わるというなら、永遠へと出発していく列車はすべて、交点のところで……大事故だ」

われわれはそれ以上言葉を交わさずに、二、三ブロック歩いた。考えに耽っていた私は、連れの人の突然の声に身震いしてしまった。

「あなたがまだうんざりしていなければ、最後のテーマをお話ししたいのですが。もうずっとペン

をつけようとしているのですが、書くのは怖い。駄目にしてしまうかもしれないので。長くはありません。一〇分ほどです。それとも、やめた方がいいですか？」

彼はほとんど哀願するように、おずおずした笑顔を浮かべて私の顔を見た。

「いえ、そんなことありませんよ」

こうして物語が始まった。

「私はこれを『法事』と名づけたい。でも墓場の話ではありません。いやいや。もう少し手が込んでいる。妻、三つの部屋、特別手当、家政婦、それに名声を持っている某の家に、友人たちが集いました。皿も瓶も空になって、ガラスの器からつまようじが取り出されます。書斎へ、暖炉のそばへと場所を移し、最新の映画、最新の法令、それに夏にはどこに行くのがよいかなどについての会話がなされます。某の妻が写真やら家族のがらくたやらが入った箱を持ってきました。指が厚紙の束を探っていると、突然下の、箱の底の方から、ガラスのぶつかる静かな音がします。いったいなんだろう？　某はガラスの小瓶を取り出します。小瓶の首のところにはコルクが詰めてあり、中の、透明な壁の向こうには、小さな白い結晶があります。某はなんだろうかと眼を細めて、コルクを外し、指を舐め、まず結晶に、それから唇へと持っていく。するとにわかに唇に神秘的で狡猾な笑みが浮かびます。客人たちは今か今かと待ちわびて、微笑みも結晶も理解できず、一ダースの眼で問いかけます。けれども主人は急ぎません。もったいぶって眉を動かし、眼を細め、その顔に浮かんでいるのはもはや微笑みではなく、最近見た夢を思い出そうとしている人のような表情です。

客たちは待ちきれません。彼らは輪を狭めて「早く！」と詰め寄る。妻は肩をつかんで「じらさないで」とせっつく。そこでこの人は「サッカリン」と答えます。友人たちはどっと笑います。けれども主人は笑いません。皆が落ち着くのを待って、彼は提案します。「みなさん、法事をしましょう。過ぎ去った、餓えて凍えていた日々を思い出すのです。どうですか？」――「君は昔から冗談ばかり」――「ほんとうに変わったやつだ……」

けれども結局、法事をやるならやろうと。どうせ本もつまらなくなってきたし、舞台の新作はみんな観てしまった、だが冬の夜は長くて退屈だ。法事の日取りが決められて、それから、「同じ方向の人はいないですか、そうすれば……」――「最終の路面電車は何時だ？」――「ほんとうに変わったやつだ……」

約束の日、宴の主人は夜明けとともに妻を起こします。「起きて、準備だよ」。彼女はもう忘れてしまっていました、そして「こんな早い時間になにを急いでいるの？　お客が来るのは夜じゃない」と。でも、変わり者のふざけ屋は頑固です。彼は家政婦も起こして、仕事を始めます。「グラーシャ、小窓を開けてくれますか、寒くなるように。暖炉はふたを上げて、焚かないで。薪の山から一部を抜いて――こうして、――ここにじゅうたんを突っ込むから。なんのため？　だって没収されるかもしれないでしょう。入らない？　巻かないとね――こうやって――入った……、寝室と食堂のものは全部僕の書斎に持ってきて。入らないだろうって？　余裕で入るよ、物も、われわれも、――われわれはみんな書斎に暮らす、三部屋を暖房するのは無理だから。あなた？　あなたには出ていってもらいます。家政婦を雇う金は僕にはない」。グラーシャは吃驚仰天して、もしや自分がまだ眠っていて、ばかげた夢を見ているのではないかと思います。ふざけ屋の男は「出ていってもらうのは今日だけで、明日にはすべて元通りだ。納得しましたか?」と、彼女を落ち着かせます。グラーシャはまだ目を見開いています。そこで主人が彼女に家具が終わったら今日は休みをあげようと約束すると、彼女の顔は明るくなって、たんす、ソファー、机が、角と角をぶつけ合ってぎしぎし、ごんごんと音を立てながら書斎に入っていきます。すっかり起こされてしまった某の妻は抵抗を試みました。「あなたはなにを考えているの、ほんとうに……」――「僕じゃない、われわれだよ。さあ、それより棚を釘から外すのを手伝ってくれ」。一日があわただしく過ぎていきます。薬屋にサッカリンを買いに行かなければならない、腐った小麦粉がどこへ行っても手に入らない、パンにふすまを加え、わらを混ぜるのを忘れた――変わり者の妻は泣きそうになりながら硬くてきたない生地をもう一度こねます。部屋はもう幻想的なまでに混沌として、ぎゅうぎゅう詰めなのですが、頑固者はさらに納戸のはしごを上がって石炭ストーブを探しにいきます。この錆びたがらくたは鉄の鼻面をあらゆるものにぶつけながら、床の最後に残った台形の隙間を占めます。

煤まみれ、錆だらけになった男は、膝を伸ばして立ちあがるときに、妻が暖かいショールにくるまって、顎の下に膝を抱えてソファーの端にうずくまり、怒った、それに怯えた目で彼のやることを追っているのに気づきます。「ねえ、マッラ」と、彼は彼女の肩に触れます(肩はびくっとします）。「マッラ、七年ほど前、きみは今と同じように、ちいさな雀みたいに凍えきって、ショールと毛皮にくるまって、取り残されて不幸せだった、そして僕は、覚えているかい、凍えた指をショールから引きだして、こんなふうに、息を吹きかけた、こんなふうに、きみが〈もう大丈夫〉と言うまで」。妻は黙っています。「それとも、覚えているかい、僕が笑うしかないほど小さな配給品の紙包みを六つ持ってきたのを――あれじゃあねずみだって満腹しないだろう――それを僕たちはこの錆びたやつで焼いたり煮たりした――煙と煤の方が食べ物より多いくらいだった」――「でも、石油ランプの方がひどかったわ」と、妻が答えますが、顔はまだそむけたままです。「これはまだ、あったかくはなったけど、あっちは……火も弱くて、〈病気の火〉ってあなたは言っていた」――「ほらね、それなのにきみはこのおばあさんストーブを見るのも嫌だなんて」――「マッチ箱に残った最後の数本のマッチを」と、妻はあたかも聞いていないかのように言います。「わたしはナイフで縦に切り分けた、一本のマッチがあっという間に四本になったわ」――「そうだね、僕にはできなかった、僕の手は不器用だから」――「ちがう、忘れたのね、あなたはただ指がかじかんでいた、それだけよ」――「ちがうよ、僕の可愛いマッラ、僕の手は不器用なんだ」。そして男は感じます、肩に触れる柔らかい肩、こめかみの間に歌となって響くあの以前の声を。「ほんとうによかったわ、長い夜をあなたとわたし、二人で過ごしたあの頃。ちょっとでも身動きしたら、石油ランプの火も一緒に動いて、すぐさま物の影も、上へ下へ、上へ下へと、机や壁や天井を動いた。とってもおかしくて、楽しかった。石油ランプは出していないの？」――「出してない」――「まあ、どうして？　石油ランプがないなんてありえないわ」――「頭からすっかり抜け落ちていた」と、男はあわてて立ち上がります。「大丈夫、なんとかするよ、きみはとりあえず電球を外しておいて。こうやって、便利だね、脚立もいらない、机に上れば天井に届く」

少しずつ客が集まってきます。どの人もまず指でボタンを押し、足音を待って、それからノックを始め、さらにドアをどんどん叩きます。「どなたですか？」と、チェーン越しに尋ねる声がします。法事の参加者には困惑する者や怒りだす者もいれば、調子を合わせて答える人もいます。「もっと大きな音で叩いてくれないと」と、主人が説明します。「間に二部屋あるから聞こえない」。そして客は次々に、なにもない暗い部屋の立方体を通って、奥の人気《ひとけ》のある部屋へと案内されます。「コートは脱がない方がいい、鉄のやつでがんばっているが、それでも零度前後だ」。客たちは唖然として、なにをどうしていいかわからず、ぼんやりと立ちすくみます。ひとりはオペラのチケットを人にあげてしまったことを苦々しく思い出します、なにが悲しくてこんなところにやって来て、ばかばかしいくすぶるランプのそばで、寒くて居心地の悪い思いをしなければいけないのかと。あまりにも薄着をしてきたかもしれないと悔いている人もいます。一方主人は、集まった人々を長ちゃ台や腰掛に座らせて、お茶を飲んで温まるよう勧めます。「人参茶ですよ」と、さまざまな大きさのカップに、沸騰するどろどろの液体を注ぎわけながら、彼は誇らしげに言います。「手に入れるのは大変だった。ほら、サッカリンも。どうぞ。気をつけて、――そんなに入れたら吐き気がするほど甘くなってしまう」。慎重に公平に、レンガ状に切り分けられたパンが、全員に均等に行きわたります。客たちは湯気の立っているカップの端に、いやいや口をつける。だれかが息が白いと指摘する。沈黙。

そこで主人は共通の会話を始めようと口火を切ります。「ねえ」と隣の人に話しかけます。「暖かくなるまであと何日残っているかな?」「二、三カ月でしょう」隣の人は人参の湯気に鼻を突っ込んで、ぶっきらぼうに言います。「ちょっとあなた」と、オペラを法事に取り替えた人が怒り出します。「なにを月なんか持ちだして、二、三カ月だなんて。思い出しても笑ってしまうが、あの頃は、——実際に——、一日単位で数えていたじゃないか。三月一日が告げられたら、春が来る、——それもいっぺんにすっかり春になるんだなんて作業仮説を立てて。数字から数字へ、毎朝ひとつずつ消していって、春まであと五三日、素敵な春まであと五二日、待ちに待った春まであと五一日って。それをあなた、二、三カ月だなんて。そう、われわれは少人数で束になって、聖スピリドンの冬至の日*にまさにこの人参汁で乾杯して、やっと太陽が軌道上でこちらを向いた、われわれの方にやって来るのだという、その考えだけでもう酔いしれていた。それを、二、三カ月だなんて」

＊ギリシア正教における聖スピリドンの記念日は旧暦の一二月一二日（カトリックでは一四日）で、新暦の一二月二五日にあたる。ちょうど冬至の頃と重なることから、ロシアでは「スピリドンの冬至」として祝われた。

そして、会話は、あたかもコップに入れて匙でかき回したかのように、口から口へとどんどん加速されながら回転していきます。空っぽのカップがやかんへと伸ばされます。だれかが議論の真っ最中にパンのレンガをのみ込んでしまって、のどに引っ掛かったわらを取りのぞこうと咳をしています。

「いや、みなさん覚えていますか」と、暖かい格好をしてくるのを忘れた人が大声で言います。「一二月の酷寒に、毛皮の帽子をかぶって（だってコートは部屋の中でも脱がないんですからね）、積もった雪の上を——明かりは雪と星だけでした——あの講師の話を聞きに通いましたよね……、なんという名前だったっけ、忘れてしまった、のちにチフスで死んでしまった。あの人は、かわいそうに、あたかも檻の中の狼みたいに壁から壁へ行ったり来たりしながら、宇宙や、革命や、新たな問題群の蜂起や、人生や芸術の危機について語った、そして少しでも口をつぐむときは、すぐにマフラーに口を埋めた、暖かい空気を呑み込むために。空気は冷えきって、影が揺れていた（ちょうど今みたいに）。われわれの方は何時間も肩と肩を寄せ合って座って、千の眼で彼を追う——壁から壁へ、壁から壁へ。足はしびれて、靴底はもう床にくっついてしまっているんじゃないかという気がする、けれどもごそごそする音もひそひそする声もない。静寂だ」。「僕も講演会に顔を出していた」と、物思いに沈んだ様子で主人が話を引きとります。「あるとき彼は、革命前、われわれは物のせいで世界を見ていなかった、祖父の代からある三つの肘掛椅子の間で迷っていたと言った。あらゆるものを——超感覚的なものから部屋の備品まで（壁だけを残してすべてを荷車に積むがいい、そうしたら壁や家も放棄しなさいと）――物の中でもっとも偉大なもの、すなわち世界と交換することは、完全な利益であると、彼は説いた」

客たちは暇乞いを始めます。全員が温かく、感謝を込めて主人の手を握ります。音の響く空っぽの部屋を通っていく途中にもう、チケットを人にあげてしまった男は、連れのひとりに告白します、「私もあの頃講義をしたんです、政治委員向けでした」――「なんの講義を?」――「古代ギリシアの壺について」

主人たちだけが残ります。鉄のペチカは石炭の火を消して、あっという間に冷えてしまいます。ばたんと閉まったドアは、石油ランプの火を奪います。ふたりは肩と肩を寄せ合い、明かりもともさずにいます。街がガラスをがたがたと叩いています。ふたりには聞こえません。「もういちどわたしの指に息を吹きかけて……あの頃みたいに」「じゃあきみは〈もう大丈夫〉って言ってくれるかい?」「ええ」。そして彼は小さな両の手のひらに、最初は息を、それから唇を。柔らかい、いいにおいのする、従順な手のひらに言葉を隠すのはとても便利です、――そして男は、「とびらの向こう側には、空っぽの部屋があるだろう。そしてその向こうにも、空っぽの暗い部屋だ。もしその先も暗くて空っぽの部屋が続いていたら、その先も、そして歩いても歩いても、結局……」。マッラは指に、息と言葉とともに、なにかちくちくする温かい水滴を感じます。そしてここで――結末ですが――私が示したいのは、こうしたキンセンカの芽のような、罪のない不可分なものたち、革命によって房飾りを切り取られただけの路傍の人々、彼らも、彼らだってやっぱり、理解しないでいることができない……」

そして突然なにかが、ほんの三歩ほど前のところで、がたがた音を立て、閃きを放ってわれわれの道をふさぎ、ベルを鳴らして止まった。路面電車だった。一秒後にまたベルが鳴り、動きはじめた車輪があって、——そして目の前の空っぽになった空気には——夕闇を通して——三つの紅色の明かりの下に〈要望に応じて停車〉と。私の問いかけるまなざしを捉えて、テーマ捕りは否定的に頭を振った。

「いや、こうじゃない。それにおそらく、ここでは〈こう〉というのを考え出すのは無理なのでしょう。消します。線を引いて、おさらばだ」

私は思わず周囲を見回してしまった。あたかもあそこ、背後のレールの上にあったテーマが、車輪で二重に切断されてしまったかのような、ばかげた、だがはっきりした感覚があった。

街が速い速度で歩みに向かって近づいてきた。自動車がぶんぶん、うーうーとうなりをあげ、車輪の軸が回り、蹄鉄がこつこついって、街路を——まっすぐ、斜めに、垂直に——人々が歩いて行った。連れの人は心配そうに私の顔を窺った。目だけではなく、逆立ったぼろぼろのあごひげも、申し訳なさそうな、おもねるような様子だった（彼は不用意に引き起こしてしまった悲しい気分に対して許しを請うているように思われた）。そしてほとんど笑顔をせがむように、言った。

「私の知り合いに、以前哲学者だった人がいるのですが、会うたびに必ず言う言葉が、〈人生のせいで、世界を観照する暇がない〉」

どうも笑顔は出なかった。並木通りで曲がった。ここは少し広くて、静かだった。テーマ捕りはうしろをのろのろと歩いていて、彼自身が捕まっているかのような様子だった。あきらかに、彼はベンチのどれかで少し休んでも悪くないと思っているのがわかった。だが私は断固として歩みを進め、振り返らなかった。われわれを引き合わせたベンチのそばを通り抜けた。並木通りが終わるあたりで——突然——人々が動かぬ円をなして混みあっていた。われわれも近づいた。音楽だ。弓のするどい変イ調が上へ下へ、それを追いかけて、貧弱できいきいしながらも、頑固にメロディーにしがみついている音。私は人々の輪を見た。それから連れの方を向いた。彼は疲れた様子で木によりかかって、同じく音楽を聞いていた。彼の顔は注意深くまた誇り高く、口は、あたかも夢の世界にいる子供のように、軽く開いていた。

「行きましょう」

投げ銭をして、広場を横断し、ニキーツキイ並木通りを離れた。アルバート通りのいびつな眺望のそばでわれわれは立ち止った。私は最後の、別れの言葉を探した。

「〈お礼〉というのもおかしいのですが、でも、信じてください……」と私が言いかけると、彼は——例のごとく最後まで聞かずに——割って入った。

「ほら、このアルバートも。私はいつもアルバートとアルバート岬の連想が働くんです。同じようにぐねぐねして狭いけれど、唯一何百露里にも渡っているところが違う。で、——物語ができます。夏です。避暑地行きの列車は満員。「あなたはどちらへ？」——「で、あなたは？」と。そして乗客の中に、返事もしないし尋ねもしない人がいる。籠もトランクも持たず、リュックサックと杖のみの軽装だ。支線のアレクセエヴナ＝ゲニチェスク線に乗り換え。はじめは人の少ない、ほとんど空っぽの車両の芋虫、それから小さな腐りかけた小都市。一方乗客は袋を肩にかけ、海峡を超えて岬の先端へと渡してくれた船頭に小銭を与えて、岬沿いに百露里の散歩を開始するのです。この散歩は、おそらく、奇妙なものと呼ぶことができるでしょうが、そう呼ぼうにもここには人がいません。アルバート岬の刃はまったくの無人で、足と杖を迎えるのは砂と砂利ばかり、右も左も腐った海、上には太陽に灼かれた空、前には細長く生気のない、果てしない帯が、前へ、前へと延びています。そう、実際、世界中のどこでも、あるのはただ……もっともあなたは急いでいるのですね、なのに私はおしゃべりしている。もうすでに盗んでしまったのに……他人の一日を」

私は彼の手を取って、そしてわれわれは長い間、目と目を合わせて、握った手のひらを開かなかった。彼は理解した。

「つまり、なんの希望もない？」

「まったく」

一〇歩歩いたか歩かないうちに、私を——広場の騒音と喧騒を通して——彼の声が追いかけた。

「でも、それでもやっぱり！」

私は振り返った。

彼は歩道のへりのところにたって、穏やかに明るく微笑んで、そしてもはや私ではなく、どこか星型に開いている分かれ道に向かって繰り返した。

「そう、それでもやっぱり」

これがわれわれの最後の、別れの言葉だった。

4

家に帰って、私はすぐさま寝椅子に横になった。だが、思考は私の中を歩み続けていた。真夜中近くなってやっと、黒い夢のしおりが昼と昼の間に横たわった。

そして朝、閉じられたカーテンの向こうで待ち構えていた太陽を入れてやってはじめて、隠喩ではない、机の引き出しに隠してあったしおりのことを思い出した。もうこれ以上後回しにするのはやめて、しおりの運命に取りかかる必要があった。

まず紙束を取り出し、それから机の引き出しを少し開けた。しおりは引き出しの黄色い底に横たわり、この前会ったときのように、色あせた絹の裳裾を気取って伸ばし、皮肉で待ち侘びるような表情がその模様に針で刻まれていた。私はしおりに微笑んで、もう一度引き出しを閉めた。今度は長く待たせはしない。

書き留めるには三日の労働日を要した。私は鏡のように正確にふたつの邂逅を反射させ、彼のものでない言葉をすべて追い払い、物語に話を加えて真実に尾ひれをつけようとする同伴者たちをすべて容赦なく消して、これを書いた。

ノートができたとき、ふたたび、青い絹の孤独なしおりのいる牢獄の扉を開けた。そしてわれわれはふたたび、ノートの中の行から行への旅を再開した。しおりは考え抜かれたかつての日々のように、あれやこれやのテーマのもとでしばしば私を待つはめになった。われわれは考えを巡らし、夢想に耽り、否と否をぶつけ、ゆっくりとした、休み休みの道を進む――一段一段、一段落一段落、テーマ捕りのイメージ、意味の結びつき、主題の提示、結末を追って。そういえば、あるときほとんど夜の半分を、われわれは短い、ほんの数文字の「そう、それでもやっぱり……」に費やしたのだった。

もちろん、私の古いしおりのいる場所は――いまのところは――窮屈で貧弱だ、だがどうしようがあろう！　われわれは皆、ぎゅうぎゅう詰めに暮らしている、皆、平方面積を切り詰めて、窮屈に、気兼ねしながら生きているのだ。隅にでも住処がある方が、今の長い、文学の裸の舗道にいるよりいい。さて、こんなところか。そうだ、忘れるところだった。ノートの上には表札が必要だった。「**しおり**」

一九二七年

瞳孔の中

上田洋子　訳

1

ひとの愛はびくびくしていて、目をつぶることもあるものだ。薄暮に姿をくらまして、陰から陰へとしのび足、ひそひそ囁き声をたて、カーテンの陰に隠れて、そしてあかりを消す。私は太陽に嫉妬などしない。勝手に覗いていればいい——私と一緒なら、ぱちぱちと外されていくボタンの下を覗いても許そう。窓から盗み見しているがいい。気になどしない。

そう、私は常々、ロマンスにも小説にも、真夜中より真昼の方がずっとふさわしいと思っていた。あまたの感嘆詞が費やされてきた月、悪趣味な青いシェードを被ったこの夜の太陽は、私にはただひたすら耐えがたい。ある「ええ」とそれがもたらしたことのいきさつ——お話するのはこのことなのだが——それがはじまったのも太陽が明るく照っているとき、光に向かって開け放たれた窓辺でのことだった。終わりが昼と夜の狭間、ほの暗い暁《あかつき》のときに訪れたからといって、私の咎《とが》ではない。やってきた終わりが悪かったのでもなく、ひとえに彼女、私がかくも長い間燃える心で待ちわびた「ええ」の主のせいなのだ。

もっとも、「ええ」までに起ったいくつかのできごとには触れておく必要がある。確信を持って言えるのは、愛においては目が、まあ、言ってみれば、常に先走っているということだ。それはそうだろう、目はすばしっこく、やるべきことはやってのける、つまり、越しにでも見てのける。恋人たちの身体、目とくらべて小回りの利かない巨大な身体が、服の布地の向こうでお互いに身を隠し合っているとき、まだ言葉すらも空中に飛び出すのを恐れ、口元でちぢこまってもじもじしているときに、目ときたら、すべての先を越してもう互いに身を任せているのだ。

ああ、あの抜けるような青空の日が、なんと鮮やかに思い出されてくることか。太陽に向かって開け放たれた窓辺に立ったふたりは、いちどきに、あたかも示し合わせたかのように、見た……もちろん、窓をではなく、お互いを。三人目が現れたのはこのときだ。それはとてもちいさな人間で、彼女の瞳孔からじっと私を見つめている。縮小された私の相似物が、早くもそんなところまでたどり着いていたのだ。こちらはまだ彼女の服の端に手をかけることすらできないのに、あいつときたら……私は彼に微笑みかけ、会釈をした。小人は丁重に会釈を返した。けれどもさっと目が逸らされて、例の「ええ」までわれわれが会うことはなかった。

あの、かすかな、ようやく聞こえる程の「ええ」に呼ばれた私は、聞き返したりしなかった。従順な両の手首をこの手に捕らえたとき、彼が目に入った。円形の瞳孔の小窓から身を乗り出して、彼は興奮した顔をどんどん近づけて来た。一瞬、彼はまつげに覆い隠された。それからふたたびちらりと姿を見せ、そして消えてしまった。その顔が喜びと誇らしげな満足感に輝いていたのを私は見逃さなかった。他人のためにあくせくと奔走し、結果を出したマネージャーに、彼は似ていた。

そのとき以来、逢瀬のたびに、唇で唇を探るよりもまず恋人のまつげの下を覗いて、彼、ちいさな恋の世話人を探すようになった。彼はいつでも持ち場を離れなかった。慎重で責任感が強いのだ。瞳孔の小人の顔がどんなにちいさくとも、私はかならずその表情を正確に読み取ることができた――少年のように陽気だったり、少し疲れ気味だったり、穏やかな、悟ったような顔をしていたり。

いつだったかの逢瀬の折に、わが恋人に彼女の瞳孔に入り込んだ小人について、それにその男に関する私の考えを話したことがあった。驚いたことに、この話は冷たくあしらわれ、むしろ反感を買ったようだった。

「馬鹿みたい」と、彼女の瞳が――直感的な動きで――私から逸らされるのが見えた。両の手のひらで彼女の頭をとらえ、無理矢理に小人を探し出そうとした。だが彼女は笑ってまぶたを閉ざした。

「だめ、だめ」――その笑いの中には、なにか笑うことのできないものがあったように思われた。ときにつまらないことに慣れてしまって、そこに意味をこじつけたり、哲学化したりしてしまうようなことがある、――そして気づけばそのつまらないことが頭をもたげ、厚かましくも存在や意味の不足を補うよう求めて、大切なことや現実のことと論争を始めたりする。私はもうつまらない瞳孔の小人に慣れはじめていた。よもやま話を聞かせるときも、彼女と彼が聞いているのを目にしていると話しやすかった。おまけに、われらの逢瀬の決まりごととして、次第にあるゲームのようなものが定着していき（恋人同士ときたら、なにを考え出すやら）、それは彼女が小人を隠し、私が探し回るというもので、たくさんの笑いとくちづけがつきものだった。それがあるとき（いまだにどうにも解せなくて、思い出すのが苦しいのだが）……あるとき、唇に唇を寄せつつ彼女の目を見ると、まつげの下から姿を見せていた男が私に会釈をして――彼は悲しげで、緊迫した面持ちだった――そして突然、こちらにふいと背を向けて、小刻みな足取りで瞳孔の内部へ去っていこうとするではないか。

「もう、早くキスして」、そして小人はまぶたに遮られた。

「戻って来い！」と叫んだ私は、われを忘れて彼女の肩をがしっとつかんだ。女が驚いて目を上げると、広がった瞳孔の奥のほうから、去りゆくちっぽけな私の姿がもう一度ちらりとのぞいた。

心配げな質問攻めに、私は返事をひた隠しにして沈黙を守った。目を背けて座っていた私は、ゲームが終わったことを実感していた。

2

数日の間、私は彼女の前はおろか、人前にいっさい姿を現さなかった。そのうちに手紙が私を探し出した。細長いクリーム色の封筒の中には、疑問符が一〇余り――突然どこかへ行ってしまったの？　病気？「もしかすると、病気かもな」、蜘蛛の糸のような斜体の文を読み返してそう考えた私は、行こうと決心した――ただちに、一分も躊躇することなく。けれども、恋人が住んでいた家からそう遠くないところでベンチに腰を下ろし、夕暮れを待つことにした。疑いもなくこれは臆病風、まったく根拠のない臆病風だった。私は怖かった――わかっていただけるだろうか――怖かったのだ、一度見ることができなかったものがやはり見られなかったらと思うと。ならば手っ取り早く、現場に行って瞳孔で瞳孔を検証すればいいのにと思われるかもしれない。おそらく、あれはありふれた幻覚だったのだろう――瞳孔の幻影だ――それ以上のなにものでもないはずだ。けれどもそこが問題で、それを検査するという事実そのものが、瞳孔の小人を現実に自立して存在させることであり、病気や精神異常のあらわれだと思われたのだった。根拠のないつまらないことがあり得ないということは――当時の私の考えによると――純粋に論理的に、実験の誘惑になど屈せずして覆されねばならない。非現実のために一連の現実の行為に出てしまったら、そこにある程度の現実性が賦与されるではないか。恐怖を自分に隠蔽するのはたやすいことだった。ベンチに座っているのは天気がいいから、疲れたから、それに、瞳孔の小人とは短篇には悪くないテーマで、ここで、今、時間のあるときに考えてみたっていいだろう、とりあえず大筋だけでも。ついに迫り来た夕方のおかげで、私は家に入れるようになった。暗い玄関で「どなた」という声が聞こえた。声は彼女のものだったが、少し違っていた、より正確に言えば――違う人のためのものだった。

「もう。やっと来たのね！」

私たちは部屋に入った。夕闇にぼんやり白んでいる彼女の手がスイッチへと伸びた。

「いらない」

私は彼女を激しく抱き寄せ、ふたりは目を持たない、闇にがんじがらめの愛で愛し合った。こうしてこの夜はついに明かりをともさずじまい。次の約束をして、私は執行猶予を与えられた人間のような思いで家を出た。

こういったことを詳細に語る必要はないだろう。先へ進めば進むほどつまらなくなることだ。じっさい、飾りのない金の指輪をはめている人ならだれでもこの章を最後まで物語ることができるだろう。私たちの逢瀬は真昼から真夜中へと時間帯が逆転し、だらだらと盲目で眠気まじりの、夜のようなものになっていった。私たちの愛はしだいに市民一般の二人寝へ、ふかふかのスリッパから溲瓶《しびん》に至る、複雑な備品目録つきのものへと変化していった。私はどんなことでもやった。彼女の瞳孔に遭遇し、それが空っぽで、そこに私がいないのを目にすることへの恐怖から、毎朝夜明けの一時間前に目が覚めた。静かに起きて、愛する人の眠りを妨げぬよう気遣いながら服を着て、慎重に爪先立ちで出て行った。はじめ彼女は私がこんなふうに早朝に消えていくのを変に思ったようだった。しばらくするとそれも習慣になってしまった。指輪の方《かた》、かたじけない、あとは自分で話します。そして毎回、凍えた街の夜明け前に、街の反対側のはずれにある自分の家へと歩を進めながら、瞳孔の小人について考えを巡らした。しだいに——考えから考えへと進んでいくうちに——瞳孔人に関する想念におびやかされることはなくなっていった。以前は現実に存在していたらどうしようと、不安と疑いを抱きつつこの小人のことを考えていたのが、今では小人の非存在が悲しく思われてきた。瞳孔人の幻想性と妄想性そのものが。

「こういうちっぽけな反映を、われわれは他人の目にいったいどれだけ撒き散らしていることだろう」と、静まり返った人っ子一人見えない街を歩きながら、私はいつもこんなふうに考えるのだった。「もし他人の目に分散したちっぽけな相似物を集めてみたならば、私の変種、小型の「私」の一大国家ができるというもの……もちろん、それらは私に見られている間だけ存在しているのだが、私だって、だれかは知らないがとにかくだれかに見られている間だけ存在しているのだ。目を閉ざされてしまえばそれで……なにを馬鹿なことを。だが、それが馬鹿なことだとしたら、私がだれかの見たもの《ヴィジョン》ではなく、自分自身で独立しているのだとしたら、あの瞳孔の中のもそれ自体で独立していることになる」

　ここで眠気まじりの思考がたいていもつれてしまって、私はそれを改めて解きなおすのだった。「不思議だなあ。なぜ行ってしまわなければならなかったのか？　それにどこへ？　まあいい、なら、彼女の瞳孔の中が空っぽだと考えてみよう。それがどうした？　そんな顔を思わせるちっぽけな光などどうでもいいじゃないか？　いたっていなくたって、どっちだっていいのでは？　それに、そんな瞳孔の小人なんていうのが私の個人的なことに立ち入って、人生を幻と化し、人と人とを別れさせるなんてことがあってもいいものか？」

　この考えにぶちあたって、今にも向きを変え、眠っている彼女を揺り起こし、まぶたの下から秘密を探り出してやらんばかりの意気込みになったこともあった。奴はそこにいるのか、それともそこにはいないのか。

もっとも、私が夕方より早く戻って来ることはなかった。のみならず、部屋に明かりがあれば顔を背け、優しいそぶりにも応じなかった。私は、おそらく、不機嫌で乱暴だったと思う、闇がふたりに目隠しをするまでは。そうなってしまうと大胆に、彼女の顔に顔を押しあてて、愛しているかと何度も何度も尋ねるのだった。こうして、夜の習慣は正当化されていった。

3

そんなある夜のこと——夢と眠りの層の合間に——目に見えないなにかが左まぶたのまつげを一本、痛いほど下に引っ張っているのを感じた。目を開くと、左目のところをちいさなしみのようなものが転がっていったのがちらりと見え、それがほおを伝って耳たぶの中へ滑り込み、耳元できいきいと叫んだのだ。

「何なんだ! 無人の家でもあるまいに、なんの反応もありゃしない」

「なんだ?」と、それが現実なのか、それとも夢と夢との変わり目なのかもはっきりわからないままに、私は小さく声をたてた。

「何じゃなくて誰です——第一にね。それから——耳を枕の方へ寄せてくれませんか、外に飛び出せるように。もっと近づけて。もっと。それでいい」

明け方の灰色の空気を透して白く見えている枕カバーの端に、瞳孔の小人が座っていた。白いけばに手のひらをついて、頭を垂れ、あたかも長くて辛い道のりを切り抜けてきた旅人のごとく、苦しそうに息をしていた。その面持ちは悲しげで、集中した様子だった。手には灰色の留め具のついた黒い本を携えていた。

「ということは、お前は空想の産物ではない?!」と、私は思わず大きな声を上げ、愕然として小人を眺めた。

「馬鹿げた質問だ」と、彼は冷たく言い放った。「それに、騒がないでください。それじゃあこいつを起してしまう。耳をもっと近づけて。そうそう。お伝えすることがあります」

彼は疲れた足を伸ばし、具合よく座りなおして、ひそひそと語りはじめた。

「瞳孔の新居への私の引越しのことを改めてお話しする必要はないでしょう。ふたりともよく知っているし、覚えてもいることだ。新しい居場所はなかなか良かった。ガラスのような反照に溢れ、円形の虹色の枠のついた窓があって、快適な楽しいわが家とでも言いますか。凸型のガラスは涙がきれいに掃除をしてくれて、夜になると自動シャッターが下りる——まさに設備の整ったマンションといった具合です。まあ、裏にはどこへつながっているのかよくわからない暗い廊下が延びていましたが、私はあなたが来るのを待って、ほとんどずっと窓辺で過ごしていましたからね。背後になにがあるかなど、私には興味がなかった。いちど、あなたがデートの約束を反故にしたことがあったでしょう、私は廊下を後ろへ前へと行ったり来たりして、いつでもあなたを出迎えられるよう、遠くへ行き過ぎないように気をつけていました。そうこうしているうちに、瞳孔の丸い孔《あな》の向こうの昼の光は消えてしまった。「来ないんだ」と思いました。ちょっぴり退屈になって、どう気をまぎらわしていいかわからず、とりあえず廊下の突き当たりまで歩いてみることにしました。ところが瞳孔の中は、さっきお話ししたとおり日暮れ時のことでしたし、数歩進んだだけで漆黒の闇に突入してしまいました。手を前に伸ばしてみても、なにも触れるものはありません。むこう、狭い廊下の通路の奥から発せられる静かな、押し殺したような音が私の注意を引いたのは、そろそろ戻ろうとしていたときのことでした。懸命に耳を澄ましてみると、どうも複数の声が歌うゆっくりとした歌のようで、調子外れなのに、なにかのメロディーをしつこく引き延ばしているらしい。私の耳にもいくつかの言葉が聞き分けられるように思われました――「とげ」とか「死」とか――それ以上はよくわかりませんでした。

この現象には興味をそそられたのですが、まぶたが閉ざされて帰り道を闇に遮断されないうちに元の場所へ戻る方が賢明だろうと判断しました。

ことはそれでは収まりませんでした。そのすぐ翌日、自分の場所から一歩も動いていないのに、例のすさまじい不協和音のテーマソングに和する声々が背後から聞こえてくるではありませんか。歌詞はやはりよく聞き取れなかったのですが、男声のみの合唱であることはもはや明々白々でした。この状況に私は気落ちして、考え込んでしまった。内部へ導く通路を端から端まで丹念に調査する必要がありました。なにに遭遇するかもわからないし、窓へ、そして世界への帰り道を失うかもしれない、そんな危険を冒してまでのことですから、捜索に降りていくのに非常に乗り気だったとは言いません。二、三日の間、現象はおさまっていました。「ひょっとすると、気のせいだったかな？」そう考えて、自分を落ち着かせようとしてみました。しかし、ある昼の日中《ひなか》、私と女性がそれぞれの窓辺に腰掛けてあなたとの邂逅を待っているとき、音の現象がふたたび起こって、しかも今回は思いのほか鮮明で、力強かった。だらだらとしつこく、バランスもまとまりも無い歌詞が何度も何度も繰り返されて私の耳に入り込み、その意味ときたら、歌い手のもとへ到達すべしと固く決心させるようなものだったのです。私は好奇心と我慢の限界に取り憑かれてしまった。ですが、なにも言わずに去るのは気が引けました——覚えておいでですか？——ひょっとすると、ちょっと唐突だったかもしれませんね——こうして私は瞳孔の内部へと足早に歩を進めていきました。実に静かでした。狭い洞窟の路を背後からいつまでも延びていた光は、次第に弱まり、萎えてしまいました。気づくと完全な闇の中で、私の足音だけが響いているのでした。ときに立ち止まって耳をそばだてたりしながら、瞳孔路のつるつるの壁を手探りで歩いて行きました。ついに遠くから黄色い死んだような光が、ぼんやりとちらつきはじめました。沼地をさまよう鬼火が、おそらくちょうどこんな陰気な光の滓を放っているのでしょう。急に疲れとうつろな、どうでもいいような気分に襲われました。「こんな地下墓地《カタコンベ》でなにを探している？　こんなところにいったいなんの用があるというんだ？」と、私は自問しました。「太陽をこんな腐った黄色い滓と取り替える必要がどこにある？」そして、ともすればここでまだ引き返していたかもしれないのですが、まさにこの瞬間、忘れかけていた例の歌がまたはじまったのです。今度はもう、この異様なテーマソングから抜け出た個々の声を区別することができました。

ひっ、ひっ、ひっ、人、小人
瞳に許可を取らないで、跳躍するのはやめておけ。
奇数。
手遅れならばせめて、要注意、瞳にゃとげがある。
輪っかに首が引っかかりゃ——おさらば。ミイラ取りがミイラ
偶数。
人はまぶたよりすばしこい。気をつけて、落ちるなよ。
人生、死だらけ、ままならぬ。行き着く底はただひとつ。
奇数。
ひと、ひっ、ひぃ、ぃ
いた、けどもういない。跡形もない。ほら！
偶数。

魚が針にかかるように、私はナンセンスにひっかかってしまった。歩を進めるごとに、黄色い光の源である丸い孔が近づいてきました。孔の縁をつかんで、頭を中に突っ込んだ。すると下方の空《くう》から一ダースもの喉が吠え、黄色い発光に目が眩みました。もっとよく見ようとして断崖から身を乗り出したのですが、このときつるつる滑る孔の縁が開きはじめて、私は手で甲斐もなく空をつかみつつ、どすんと下に落っこちてしまった。洞窟の底はどうやら深くなかったようです。肘をついてすばやく身体を起し、あたりを見回しました。次第に光に目が順応して、まわりの状況を見分けられるようになった。私はいわば、ガラスのような、けれども不透明で、壁面が脈打っている瓶の中、湾曲した底のちょうど真ん中に座っているのでした。下には光を放つ黄斑が広がっていて、周囲には半分陰に隠れた人間の輪郭が一〇ほど――踵を光に向け、頭は壁につけた状態でしたが――厳かにリフレインを歌い上げました。

ひと、ひっ、ひぃ、ぃ
いた、けどもういない。跡形もない。ほら！
偶数。

「ここはどこだ？」という私の問いかけは咆哮にかき消されてしまいました。出口を探して隆起から立ち上がろうとしたのですが、一歩踏み出したとたんに斜面を滑り落ちてしまい——皆の大笑いと歓喜の雄叫びを浴びながら——踵を持ち上げて、二人の井戸の住人の間に腰を落ち着けました。

「あまりにも人が多くなってきた」、左の人はそう呟き、脇へよけました。右に座っていた人はひとなつっこくこちらに顔を向けました。それは、言ってみれば私塾講師タイプの顔で、博学そうなでこぼこの額、考え深げな目、釘のようなあごひげに、禿の後頭部には念入りに髪がなでつけてありました。

「あなたたちはいったいだれです？　私はどこにいるんだ？」

「われわれは……先輩ですよ。おわかりになりますか？　女性の瞳孔も他の住居と同じだ、まず入居させ——それから追い出す、で、皆の行き着くところがここです。たとえば私ですが、六号で、この、あなたの左にいるのは二号です。あなたは一二号。まあ、厳密に番号順というよりは、連想の順に並んでいるのですがね。理解できますか、それとももっとわかりやすく？　ところで……もしや、ぶつかってけがをしてしまいました？」

「壁にですか？」

「まさか。意味にですよ」

一分ほど沈黙がありました。

「そうそう、被忘却性を登録するのをお忘れなく。ああ、女の瞳ってやつは——彼はあごひげを震わせました――まつげのとばりの下へと誘《いざな》うあの瞳。まさか想像もつきませんよ、あんなに素敵な、虹の輝きを纏った入り口の奥に、こんな忌まわしい暗い底があるなんて。かつて私もこんな風に……」

私は彼の言葉を遮りました。

「だれがここで登録を行なっているのです?」

「クアッガ*ですよ」

「そんな名前、聞いたことがない」

「そうですか、ならテレゴニーの話は聞いたことがありますか?」

「ないです」

「そうか……それならきっと、モートン卿の雌馬のこともまったくご存じないですよね」

「なんの関係があるんです?……」

「大ありです。雌ウマがウマれた、失礼、つまり、まずはモートン卿という人がいて、――雌馬とクアッガのあいだに、縞模様の仔馬が生まれた、モートン卿の方には、クアッガと雌馬からテレゴニーの理論が生まれました。この雌馬をどの雄と交配してみても、その仔は必ず縞模様だった、

＊　クアッガはサバンナシマウマの亜種で、一九世紀に絶滅した。ラテン名は Equus quagga quagga。

——言ってみれば彼女の初めての相手、クアッガの記憶を残していたというわけです。ここから、女性の身体組織と彼女の第一の相手との結びつきはおよそ切っても切れないもので、その後の結びつきの中でも拭うこともできないものとして生き続けるという結論が出された。[*] 瞳孔、その底にあなたと私もいるわけですが、その第一の住人は年代的に得をしているものだから、クアッガの役割を要求しているわけです。もっとも、私はこの理論がとっくにエワート氏[**]によって覆されていることを一度ならずやつに説明しているのですが、あの奇人ときたら独裁せんがために断言するんです、自分が土壌であるのに対して、われわれはポンプに過ぎず、なにをやっても繰り返し得ぬものを繰り返そうとしているにすぎないのだ、と……」

「すみませんが」と、私は聞き返しました、「その、テレゴニーとおっしゃいましたっけ、それは実際にもはや議論の余地なく覆されたのですか、それとも？……」

「そう来ると思っていました」と、講師はにやりとして、「ずっと気づいていたことなんですが、番号が上がれば上がるほど、愛は縞模様なのかという問題に対する関心が高まる。でも、その話はあとにしましょう。ほら、一号があなたを呼んでいますよ」

「被忘却者第一二号、こちらへ！」

私は立ち上がり、壁伝いに手を這わせながら音の方へと向かいました。通路を遮って伸ばされた足を跨いでいて気づいたのは、瞳孔人の輪郭は、明瞭さや、それがきちんと輪郭線をなしているのかという点において、度合いがまちまちだということでした。ある者は眼底の黄色い闇にあまりにも同化してしまっていて、色褪せ、半分消えかけた姿が目に入らずに、うっかり踏みつけてしまった程でした。突然、目に見えないけれども握力の強い二本の手が、私のくるぶしをがしっとつかみました。

「質問に答えるように」

私は足枷となった手を目でとらえようとかがんでみたのですが、見ることはできませんでした。言うまでもなく一号は完全にかすみ切って、もはや空気と同色になっていたのです。目に見えない指が私を解放し、本の表紙をカチッと開きました。ほら、この本ですよ。文字記号がぎっしりと書

＊　ここに述べられているモートン卿の雌馬は、一九世紀に流布していたテレゴニー（先夫遺伝、感応遺伝）の例である。一八二一年にスコットランドのモートン伯爵ジョージ・ダグラスがロンドンの王立協会に報告し、同協会の「哲学紀要」に彼の書簡とその事例に関するレポートが掲載された。その後、チャールズ・ダーウィンが『種の起源』（一八五九）や『家畜・栽培植物の変異』（一八六八）で言及したことにより、知名度が高まった。テレゴニーの語源はギリシア時代にさかのぼる。『オデュッセイア』の現存しない続編『テレゴネイア』において、オデュッセウスとキルケーの息子テレゴノスは誤って父を殺し、のちに父の妻ペネロペーの夫となったとされていたという。

＊＊　ジェイムス・コーサー・エワート（James Cossar Ewart, 1851-1933）はスコットランドの動物学者。エディンバラ大学教授。雑種交配の実験を重ね、テレゴニーの理論が有効でないことを示した。

き込まれた頁が舞っては落ち、また舞って、そのうちに私の番号が振ってある空欄の頁が現れました。

アンケートも何十という質問にわたるものでした。居住開始日、その理由、間借りする期間はどのくらいを予定しているのかにはじまって（この項目の横には、a永遠に、b棺桶に入るまで、cもっといい場所が見つかるまで、という選択肢が縦並びになっていて、回答者は下線でしるしをつけるようにと指定されていました）、最後は、たしか、愛称と呼び名をすべて挙げよ、それに、嫉妬についてどう思うかで終わっていたと思います。まもなく私の頁は埋まりました。目に見えない指が軽く頁を伸ばすと、その下から新しい頁が白い姿をちらりと見せました。

「これで」、クアッガは本を閉じながら言いました。「新たな死者がもう一人、と。台帳は少しずつ埋まってきている。以上。行ってよろしい」

私は二号と六号の間の、元の場所に戻って来ました。六号の白みを帯びたあごひげが話しかけようと待ち構えていましたが、沈黙にぶちあたり、すぐに陰の中に隠れました。

登記簿の空白ページのことでずっと考え込んでいると、突然の物音に現実へ引き戻されました。

「一一号、中央へ」と、クアッガの声がけたたましく響きました。

「一一号、一一号」という声が四方から聞こえました。

「これはなんです?」と、私はお隣さんに訊ねました。

「いつもの物語当番ですよ」、相手はこう説明しました。「番号順だ。だから次はあなたが話す羽目になるでしょうね……」

　呼ばれた番号の人が底の隆起によじ登ったので、それ以上詳しく訊ねる必要はなくなりました。重そうな彼の姿を見た瞬間に、知っている気がしました。私の先輩は黄斑に腰掛け、落ち着いた様子であたりを見回しました。鼻眼鏡から垂れている紐を唇で捕らえ、考え事をしているような顔つきでそれを噛んでいたのですが、垂れた頬肉が動いていました。

「そう。思い出すのもお笑い種ですが、私にも皆さん方のそれぞれと同じく、なにがなんでもわれらが女主人の瞳孔に到達してやる、そのためには嘘も本当も手段を選ばないと、ただそれだけを目的にしていた時期がありました。そうしてわれわれはここにやって来た。だがその先は？」

　彼は鼻眼鏡の紐を指に巻きつけ、レンズを目から引き剝がし、いまいましそうに目をぎゅっとつぶって、それから続けました。

「人間罠《とり》ですよ。まったく。まあ、とにかく話を元に戻しましょう。最初の出会いがすべてを決めたのです。われらが彼女はその日、首の詰まった黒いドレスを着ていました。顔にもしっかりボタンがかけられているかのようで、唇はきっと結ばれ、まぶたは半ば下ろされていました。メランコリーの原因は今私の左に座っている、われらが敬愛する一〇号ですよ。前回聞かせていただいたお話は皆の記憶に残っているはずです。忘却された人間というのは忘れないものですからね。ですが当時、私はまだあの方を存じ上げなかった。つまり、もちろんそのときにはもう、まつげの下に隠された瞳孔の中が万事順調というわけではないと感づいてはいました、――そして実際、ついに彼女の目を見ることに成功してみると、そこには捨てられた悲しみばかりが広がっていて、その頃ちょうどいい瞳孔を捜していた私は、早速空いている部屋を占めてやろうと決心したのでした。

けれどもどうやって？　心の奥に入り込むやり方は人それぞれです。私の場合は、些細で、かつできるだけ安価な奉仕を積み重ねるというやり方をします。「あなたは誰々のしかじかの本をお読みになりましたか？」――「いいえ、でも読みたいわ……」、翌朝、使いがまだページの切られていない本を届ける。そしてあなたが到達すべきあの目が、表紙の下であなたの丁重なメッセージと名前に出会うわけです。帽子ピンの留め金や、プリムス*掃除用の針がなくなったとしたら、要チェックです、こういった些細なことをしっかりチェックしておいて、次に会ったときには献身的な笑顔でチョッキのポケットを手探り、そして針も、留め金も、オペラのチケット、オブラートに包んだピラミドーン**、なんだって出てくる。そもそも、人間が人間に浸透していくのはほんのわずかの分量ずつ、やっと目に見えるくらいのちいさな小人単位で、十分な人数が集まったときにようやく意識を占領するのです。そしてその中にかならず一人、他の小人と同じく憐れなまでにちびっこいけれども、そいつが去ってしまったら意味も一緒に失われてしまう、要するに、崩れ去ってしまう――ほんの一瞬で回復不能なまでに――この原子論が、そういうのがいるんです。まあ、あなたがた瞳孔人に説明する必要はないですね。

こうして、私は瑣末奉仕システムを稼動させたわけです。つまらないもの、本やら、当時われらが女主人の住んでいた部屋の壁に貼られた絵やらの中から、私の世話人たちが現れるようになりました。部屋の隅々に入り込み、ひびや裂け目から私の名を囁くちっちゃな小人たちから、彼女の目はもはや逃れることができなくなった。遅かれ早かれ、小人のどれかが瞳孔にもぐりこむだろうと私は考えていました。ですが、目下仕事は停滞気味。女のまぶたは人知を超えた重さであるかのごとく、ほとんど屈することがなかったので、瞳孔人の私としては相当に厳しい状況になってしまいました。

　私の膨大な奉仕に対し、彼女がどこかそっぽを向いて微笑んで、こう言ったことがあったのを覚えています。

「あなた、どうやら私のご機嫌をとっていらっしゃるようね。無駄なことですわ」

「平気ですよ」と、私は神妙に答えました。「昔、クリミアの海岸へ向かう途中、駅に止まっていた列車の窓から外に目をやったときのことです。黄色い畑が点々としている間に陰気なレンガの小屋が突っ立っていた。小屋には看板があり、看板には我慢《チェルペーニエ》駅と」

　わが話し相手の目がわずかに開きました。

＊　一九世紀末に開発されたガスストーブ。液体燃料を気化させてガス燃焼させるしくみで、煤が出ない。

＊＊　鎮痛・解熱剤。アミノピリンの商品名。

「あなたのお考えでは、それは道半ばだというのね？　面白いこと」

　私が口からでまかせになんと答えたかはもう覚えていませんが、我慢《チェルペーニエ》駅までたどり着いた列車が、あまりにも長いこと先へ進まなかったのは忘れません。そこで私は、皆さん、ご親切な先輩方の助けを借りることにしました。皆さんがどなたで何人いらっしゃるのか、まだ知るよしもありませんでしたが、彼女の瞳孔は、言ってみれば、宅地開発されていると直感的に感じた、男性の未知数xたちが瞳孔の上に屈み込み、その反映が……まあ、一言で言えば、過去の底の一番深いところまで匙を突っ込んで、ふたたびかき回し、かき乱してやろうと決心したわけです。女がもうある男を愛しておらず、まだ別の男を好きになっていないなら、もしもそこに一滴でも理性に適った意味が存在すれば、まだはもうを揺さぶり続け、あらゆる接近の通路とアプローチ方法をあきらかにするまで忘却を許さないはずだ。

　私が匙で武装したのはおよそこんな具合です。「私のような男はもてない。わかっています。あなたが愛した人は、私とは似ても似つかなかったでしょう。そうでしょう？　その一人の人、それとも複数ですか？　内緒？　そりゃあそうですよね。たぶんそれは……」そうして、澱粉液の攪拌《かくはん》を担当する労働者のごときうつろな頑張りで、質問をひたすら回転させ続けたのです。はじめは沈黙が返ってきていたのが、そのうち言葉めいたものになっていきました。そして私は見たのです、彼女の意識の表面に、永久に過去に葬られたと思われていた泡《あぶく》、一瞬の虹が底から浮上してきて、膨らんだり、はじけたりし出したのを。成功に気を大きくして、攪拌係の仕事を続けました。そりゃあ、感情の刺激をかき立てて、感情そのものをかき立てないわけがないでしょう。底から浮上してきた冷めた愛の残像はすぐにもとの闇へと降りて行きましたが、それらと共に呼び覚まされた感覚は、興奮が収まってもよさそうなものを、冷めようともせず表面に残り続けていました。あの女《ひと》の目が質問に対してそれとなくもたげられる頻度がどんどん高くなっていった。私の方でも一度ならず膝を折って跳躍に備えたのですが……私のあの巨大な相似物、当時私はその男の瞳孔の中に居たのですが、あいつが不器用で鈍重なものですから、機会を逸してばかりいました。ついに決戦の日が訪れた。私、あるいはわれわれが訪れたとき、彼女は窓辺にいました。その肩はあたたかいショールの下で寒そうにちぢこまっていました。

「どうしたのです?」

「ちょっと熱っぽいだけ。気になさらないで」

ところが瑣末奉仕メソッドを実践している男には、気にしないことなど許されないのでした。私はすぐさま戸口へと向かい、一五分後には、

「向こうを向いて下さい」

との命令を受けていました。

分針の回転をじっと見守っているうちに、絹擦れの音と、ボタンをはずすぱちぱちという音が聞こえました。体温計がしかるべき場所に落ち着いたのです。

「どうですか?」

「三六・六度」

あの木偶《でく》の坊の大男ですら判断の誤りようがない、その時がやって来た。われらは女に近寄りました。

「あなたは測り方を知らない。私がやってみましょう」

「ほっといて下さい」

「まず、振るんですよ。こうして。それから……」

「やめてちょうだい」

目と目はすぐそばにありました。私は機をとらえ——ジャンプしました。女の瞳孔はあの特別な霧の膜で覆われていた、あの最も信頼のおける徴《しるし》である……まあ、手短に言えば、ジャンプに誤算があって、突然の嵐に遭遇した木の枝のようにあちらへこちらへと揺れ動く一本のまつげに引っかかり、その弧に宙吊りになってしまった。もっとも私は経験を積んでいますから、数秒後には瞳孔を通って中にもぐり込んだのですが、息を切らしてどきどきしていると、まずはくちづけのチュッという音、それから体温計が床に落ちた音を耳にしました。そして外側からばちっとまぶたが閉ざされた。まあ、私は好奇心が強い方ではないので。義務を果たした思いで丸天井の下に腰を落ち着け、困難で危険な瞳孔人という職業について考えを巡らしました。私の考えは未来に裏づけられてしまった。のみならず、それは私が思いついたどんな暗い考えよりも、さらに暗いものだったのです」

一一号は口を閉ざし、発光する小丘からずり落ちた恰好でしょんぼりと座っていました。そして被忘却者たちはふたたび——はじめは小さな声で、それからどんどん大きな声で——あの奇妙なテーマソングを歌いました。

ひっ、ひっ、ひっ、人、小人
瞳に許可を取らないで、跳躍するのはやめておけ。
奇数。

「なんともあつかましい獣《けだもの》だ」、六号のもの問いたげな眼差しに出会い、私はこう感想を述べました。


「奇数ですから。やつらは皆こうですよ」

私はわけがわからずに問い返しました。

「そうか。気づきませんでしたか、あなたの隣は一方が私、六号で、もう一方が二号と四号ですよ。われわれ偶数はこちら側にかたまっている、なぜって、ほら、あいつら奇数ときたら、皆が皆、揃いも揃って、厚顔無恥で喧嘩腰だ。なので、われわれ穏健な文化人とは……」

「ですが、それをどうご説明に？」

「どう？　そうですね、おそらく、心には固有のリズム、意思の交替があるのでしょう、それは愛の弁証法のようなもので、テーゼからアンチテーゼ、無礼者からあなたや私のような穏健派へと交替していくのですよ」

彼は無邪気に声を立てて笑い、目配せをしました。けれども私は笑いたいとは思えません。六号も楽しげな表情を振り払いました。

「いいですか」と、顔を近づけて話し出しました。「判断を急いではいけない。演説者のスタイルを作り上げるのは聴衆ですよ、あなたもすぐに身をもって実感なさるでしょう。一一号に観察力の鋭いところがあるのは否定できません。例えば、呼びかけに指小形《ししょうけい》を用いるのは、感情が拡大していくプロセスを表現したいからでしょう。言葉の有意義性が大きくなれば、記号は小さくなる。そもそもわれわれが指小形で、つまり「ちゃん」付けや愛称で呼ぶのは、自分にとって他の人よりも大きな存在である相手だ、古代スラヴ語で ***mil*** ［愛しい］と ***mal*** ［小さい］が同一視されるのにはきちんとしたわけがあるのです。そう、私も一一号と同じく、愛されているのはわれらを瞳孔から瞳孔へと撒き散らすばかでかい巨人ではなく、われわれ、生涯を他人の目から目へと渡り歩いて過ごす旅回りの小人の方だと信じています。それから、瑣末奉仕理論から俗なところを取り去るならば、ここでも一一号はやはり正しい。恋をするとは、すなわち恋される者の、連想の大多数とでも言うべきものを占有することだ、のみならず、恋愛そのものが、図式的に言ってしまえば、双方向連想の私的な例に他ならない……」

「なんですか？　その……」

「つまりこういうことですよ。心理学者たちはわれわれの連想をあれこれ分類していく際に、表象の結びつきが一方向であるか双方向であるかどちらかだということに気づかなかったのです……ちょっと待って、待って下さい」、じれったくなったこちらの身振りに気づいて、彼はあわてて言いました。「はじめの一分ばかりは退屈でも、あとは面白くなりますから、本当に。恋に落ちる側は、もちろん、イデアと像でも、像と概念でもなく、像（人間の）と感情を組み合わせています。彼はこのプロセスが、感情から像へ向かっているのか、それとも像から感情へ向かっているのかを覚えているはずです。いわば、二重にスイッチが入るまでは、そして……なんです？　よく解らない？　あなたも考えて下さいよ、こっちが代りに考えてやるわけにはいかないじゃないですか。例を挙げろ？　それでは。事例その一、感情はすでにあるが、どこにも向けられておらず、像との連想がない場合。はじめに、「魂はまだ見ぬひとを待っていた*」、具体的な対象のないときめき、空《くう》への放電があり、その後「まだ見ぬ」は消えてしまう――このときに空いている「ひと」になるのは極めて簡単で、なんの困難も要しない。事例その二、像が感情を待たねばならない場合。この

＊　プーシキンの韻文小説『エヴゲーニイ・オネーギン』（一八二五―一八三二）第三章Ⅶより、女主人公タチヤナがオネーギンに恋をするときの描写。

場合、連想要素の合着が起こるのに、ときに時間と労力を要する。青春時代のロマンスはほとんどがひとつめ、第二の青春ではふたつめの行程を辿るのが主ですね。しかし、連想の法則は恋する人に極めて多くの面倒をもたらす。円滑な愛ならば、いわゆる好きな人が部屋に入ってくると必ず、連想として、その人に対する愛の感覚が沸き起こるはずだ。同様に、いかなる性的興奮も、やはり同じ、例の「好きな人」の像を即座に呼び起こすはずですよね。ところが実際には、感覚と像は通常、整流器を通した陰極回路の電流のようにつながれている、すなわち一方向なのです。このような一方向の半愛の上に、実のところ、大半の結びつきが成立している。関係のタイプその一は、連想の流れが像から感情へのみ向かい、反対方向へは行かない場合で、裏切りは最大限、だが情熱の度合いもなかなかです。なぜかですって？　まったく、ちっともわかっちゃいないのか。じゃあ、整流器回路の代わりに、心臓を経由した血液の流れで考えましょう。血液はひとつの方向へ向かって流れる際に毎回心臓弁を開き、別の方向へ動くときには弁を閉じる、こうして自らに対して道を遮断することになります。これと同じです。逢瀬は毎回情熱的だ、のみならず、意識に入ってくるすべての思考、この場合は像ですが、それがいちいち情熱的な感覚の高まりをもたらすのです——血液はいわば、自分で自分に弁を開くのですね。一方感情は、像の担体が不在のまま起こると、容易に他の道を通ってしまいます。このタイプの惚れ方をする人々は、相手と会っているときのみ恋をしており、選ばれた人の像は感覚へ向かう道を即座に見つけます、ところが彼らの感覚の方は選ばれた人への道を知らず、愛へとまっしぐらに進む血液はみずから心臓弁を閉ざしてしまいます。あなた、欠伸《あくび》なさったようですが。神経的なもの？　そうですか。恋慕のタイプその二は、よろしいですか、裏切りの確率は低いが、その代わり情熱も弱い。発作的な愛の餓えによって意識に呼び起こされるのは――顔を合わせているときもそうでないときも――いつでも同じ、ひとつの像だけです、けれども像は、もしも先に意識に入ってしまっても感情を導くことはありません。この種の一方向連想性は毎日続く関係には最適な、家庭的なもので、破局とは無縁です。もっとも、第三の場合、つまり、像と感情が切っても切れない関係にある双方向連想においてのみ、私がともかく愛と名づけてもよいと考えるものが与えられるのです。いや、誰が何と言っても、一一号はどこに犬が埋められているのか知っている、けれども掘り出す力がないんだ。[*]私なら……」

「動物の死骸なんて、いちいち掘り出す必要がどこにある」、私はついかっとなってしまいました。

六号は切れてしまった思考の糸を懸命により合わせようとしている様子で、しばらく答えずにいました。

＊「要点はそこだ」を意味する「ここが犬の埋められている場所だ」というロシア語の慣用句に掛けられている。

「なぜなら一一号が到達しておきながら立ち止まってしまったその点こそ、この黒い瞳孔の穴に落ちた、ちょうどあなたや私のような者にとっては、まさに基本的な、最も切実な問題だからですよ、それに……隠しても仕方のないことだ、われらは皆、ここで奇妙な慢性の退色症のようなものを病んでいる。時は鉛筆書きの文章の上を滑る消しゴムのごとくわれらの上を滑り、われらは凪の海の波のごとく滅んでしまう。私はどんどん退色して、まもなく自分の思想の色合いも判別できなくなり、輪郭を失って無に侵されてしまうでしょう。だが、口惜しいのはそのことではなく、私とともに膨大な観察や科学的事実や方程式が失われてしまうことです。ここからなんとかして出られたならば、フロイトとかアドラー*とかマイヤー**とかいう連中に、忘却の真の本質を示してやれたのに。やつら、天才気取りの言い間違いや書き間違いの蒐集家たちが、その名も「忘却」という黒い穴から出てきた人間になにを対置することができるものか。もっとも、無理でしょうね、死から逃れ出るほうが、ここから出るよりも簡単でしょう。だが、面白いだろうなあ。私はね、じつは若い頃から忘却の問題ばかりを考えていた。この問題に遭遇したのはほとんど偶然でした。誰だかの詩集の頁を繰《く》っていたとき、突然、

鳥の飛行の彼方、塵のしとねの彼方
日輪は灯を消した。
私が忘れ去られるなら、

今がまさにそのときか。

言葉の塊を前にして考え込んだ私は、この思考に入ったらもはや二度と抜け出せないとは思ってもみませんでした。表象は、私がそのころ考えるようになったところでは、意識から無意識へ、およびその逆方向へと常にさまよっている。けれどもそのうちのあるものは無意識の中をあまりに遠くまで進んでしまって、意識への帰り道を見出すことができない。そこで私が興味を抱いた問題は、表象はいかに滅びるのかというものでした、——ゆっくりとくすぶって消えていく炭のように、それともふっと息を吹きかけられて消える蠟燭のように？　少しずつなのか、一瞬なのか。長く苦しいのか、あっという間なのか。はじめ、私は詩人に賛成でした、忘却のプロセスはゆっくりと準備されていった末に起こる一瞬の崖崩れのようなものだと思い浮かべていたのです。「在っ

＊　アルフレッド・アドラー（Alfred Adler, 1870-1837）。オーストリアの精神科医、心理学者。フロイトの弟子であったが、のちに立場を異にするようになった。個人心理学（アドラー心理学）を築いた。

＊＊　カール・マイヤー（Carl Mayer）。一八九五年にルドルフ・メーリンガーとの共著で『言い違いと読み違い』を発表。フロイトの『日常生活の精神病理学に向けて』（一九〇一）、第五章「言い違い」で、マイヤーとメーリンガーの著作の検討がなされている。

た——もう無い」というような。そういえば、エビングハウスの記憶列*を用いて、あれやこれやの表象の消滅、決壊、崩壊の瞬間の算出を試みたことすらありました。忘れられた感情の問題にもすぐに関心を持ちました。実際、興味深いことではありませんか、某女がn回某男と逢瀬を交わし、おまけにふたりとも毎回ある興奮を感じている、ところが$n+1$回目の逢瀬では、この同じ某女が、同じ某男のところに、まあ、やって来たとしますよね、けれども、興奮はやって来ないのです。某男は、当然ながら、あらゆる手段を用いてそれを捏造し、一人になってからも、自分の魂を隅々まで捜索して、失われたものを見出そうとする。しかしなにをやっても無駄で、いなくなった女性の像を思い起こすことは可能でも、感覚を思い出すというのは、それがもうなくなってしまったからには絶対に不可能だ。トカゲがつかんだこの手に尻尾を残して逃げてしまったようなもので、像と感情の連想は脱連想化してしまった。愛しいものを冷めてしまったものにしてしまう冷却のプロセスを研究する際、ある類推をせずにはいられませんでした。つまり、情熱が冷めるプロセスと、まあ、その、なんの変哲もない硫黄の塊の冷却プロセスとの間になにか共通するものがあるということが、私にはすぐに明らかになったのです。硫黄から熱量を失わせると、その結晶はひとつのシステムから別のシステムへと移行する、すなわち形態を変え、別の姿、別の像をとることを強いられます。しかも、化学物質、例えば燐は、徐々に冷却していくと、結晶の形態を変化させ、紫から赤へ、赤から黒へと色を変えていくのみならず、ある冷却点までくると形態そのものをまったく失ってしまい、非結晶化して、無定形になることが立証されています。そう、形態を失うその瞬間をとらえることができるならば……輝きを放つ含水炭素、われわれがダイヤモンドと呼んでいるところのものが、ただの炭、手が汚れるから触りたくないと思うものに変化するその瞬間を観察することができるならば、あの瞬間を観察できないわけがありましょうか、「好き」が変化して……

まあ、化学記号の領域に限っても、これを行うのはそう簡単ではありませんでした。結晶は解体して切り子面を失い、無形の非結晶体になる前に、準安定と呼ばれる、形態と無形の中間のような段階を経ます。この類推はもっともらしいもののように思われました。大多数の人々の関係はまさに準安定で、融点と沸点の間のどこかにある。ちなみに、準安定が粘着性の最も高い指数を示すというのも興味深いところです。いくつかの類推に導かれて、思考をさらに先へ進めました。火照った身体をほうっておくと、自然に少しずつ冷めていくでしょう。それは感情も同様でしょう。対象を変えることによってのみ、感覚に新たな薪をどんどんくべていくことによってのみ、火照りを冷まさずに済むのです。そういえばここで、類推に連れられて袋小路に来てしまったかのような、さ

＊　ヘルマン・エビングハウス（Hermann Ebbinghaus, 1850-1909）。ドイツの心理学者。記憶と忘却の関係を研究し、「忘却曲線」を導いた。その際に用いられた意味を持たない文字列が、ここで「記憶列」とされているものである。

らにそこから引き出してもらえずにいるかのように思われたのでした。けれども科学は、温度の冷却が結晶を無定形のなにものかに変化させるのはどんな場合であるかという問題に答えることで、感情の自然冷却のプロセスが、いうなれば、ダイヤモンドを灰に、大切なものをどうでもいいものに、形態を持つものを無形のものに変化させるのはいったいどういう場合であるのかについても、私に答えた形になりました。じつは、冷却をこうむっている結晶体は無形となることを志向するのではまったくなく、形態を変えようとするだけで、ただ冷却の速度が再結晶化の速度を超えているので後者が追いつかない。形態から形態へと変化する途中で冷気に捕らえられてしまった粒子は変化を停止し、結果として結晶体が冷えて、形態を持たなくなる、あるいは、化学的性質を心理学的性質に移し変えるならば、冷められて、忘れられることになるわけです。このような条件のもとでは、安定した長期にわたる関係は次のようにのみ説明可能でしょう、つまりそれは互いに互いを裏切り合う浮気の連続なのです。なにをそんなに目を見開いていらっしゃるのです？　まさにこのとおりですよ。銅板に刻まれた画のごとくに、自分に刻み込まれたある像を絶対に裏切らない人がたったひとりでも見つかったとしましょう、その人の愛はもっても一日か二日程度、とはいえそれも難しいはずです。現実の愛の対象は絶えず変化しているのですから、昨日のあなたを裏切って、あなたと浮気しているからこそ、今日のあなたを愛することができる。そう、もし私が小説家だったなら、空想小説の執筆を試みたでしょう。わが主人公は乙女と出会う——若くて可愛い娘で、一七回目の春とでもしておきましょうか。楽しい。恋。相思相愛。それから子供たち。年から年へ、年から年へと年月が過ぎていく。昔とかわらず強く、楽しく、素朴に愛し合っている。もちろん、彼には喘息が出て、彼女は目尻に小皺ができて肌のつやもなくなった。けれどもそういうのはすべて慣れ親しんだ、自分の家族のことです。そこに突然、とびらが開いて、そして彼女が入ってくる、だがあの彼女ではない、つまり一時間前か一日前の彼女ではなく、昔の一七歳の恋人、永遠の変わらぬ愛を誓い合ったあの彼女なのです。わが主人公はどうしてよいかわからず、それに、おそらく茫然としているでしょうね。闖入者は怪訝な顔で年をとったよその家の生活を眺めます。産んでもいない自分の子供たち。もう一人の同じ彼女が入ってこなければいいがと、びくびくしながら隣の部屋のドアをうかがっている、知っているような知らないようなたるんだ顔の男。「昨日約束したじゃない」と、若い娘は言いますが、喘息持ちの男は当惑顔で額をこすります。「昨日」とは二〇年も前のこと、彼は混乱して途方に暮れ、客をどう扱ってよいものかわからない。この時、もうひとりの同じ彼女、現在の彼女が戸口に近づく足音がします。

「帰って下さい、もしも彼女に見つかったら……」

「だれに？」

「あなたですよ。さあ、急いで……」

だがもう遅かった。とびらが開いて、そしてわが主人公は、まあ、そうですね……目を覚ましたとでもしておきましょうか……」

「ちょっと、六号さん、無茶じゃありませんか、心理学から化学へ、化学から、今度は小説だなんて。あなたがここからどうやって像だか、燐と灰だかの結晶へと戻るのか、私には理解できません」

「では戻ってご覧に入れましょう。よくお聞きを。あるAというものが愛されている、だが今日のAは翌日にはもうA_1で、一週間後にはA_2になっている。したがって、絶えず再結晶化していく存在に追いつくためには、こちらも絶えず像を再構成していく必要がある、つまり、表象から表象へと感情の軌道修正を行なっていかねばならない、凸から凸へ、飛び石から飛び石へ、A＝サブとともにA＝メインを裏切り、次は……愛している側の変化率に規定されるこの一連の裏切りが、愛される人における変化と同じ速度で進んでいるならば、万事があるべきところに収まっているとでも言いましょうか、――そして、散歩している人が一〇〇歩歩いたときに、その体が一〇〇回倒れかけたのを、毎回タイミングよく筋肉に支えられたのだということを知らないように、恋人たちも、何週間、あるいは何年も共に暮らしながらも、顔を合わせた数だけ裏切りがあるなどとは疑いもしないのです」

　彼は拍手喝采を待つ人気講師のような顔で話を終えました。ですが、理論化というやつは私に睡眠薬の作用をするのです。六号は一分ほども黙っていましたが、ふたたび手回しオルガンをまわしはじめました、速度の差異、変化に間に合わない裏切り、裏切りに遅れをとる変化……目がとろんとしてきて、私は眠りに落ちてしまった。それでもまだ化学記号だの幾何学の符号だのの群が旋回しながらあとをつけてきます。か細くて意地の悪いうなり音を立てて、それらは交尾のために飛び立ったのでした。

「一二号、中央へ」

「新入りの話を聞こうじゃないか」

「一二号……」

これらの声に起こされなかったら、いったい私の眠りがどれだけ続いたか知れません。逃げも隠れもできません。右からも左からも小突かれ、せきたてられた私は、黄色く光る丘によじ登りました。一〇対ほどの目が暗闇からこちらへ向けて細められ、ふたりだけの秘密を摂取して、それぞれの脳に分配してしまおうと待ち構えていました。こうして話しはじめたわけですが、あなたはよくご存知のこと。省かせていただきます。私が話し終えると、皆はあの奇妙なテーマソングを歌いました。うつろな憂鬱がこめかみに襲いかかり、そして、空っぽで死んだような状態の私は、右へ左へと揺れながら、皆と共に歌いました。

輪っかに首が引っかかりゃ——おさらば。ミイラ取りがミイラ
偶数

やっと自分の場所に戻らせてもらえました。私はすばやく陰へ沈潜しました。細かい震えがきて、歯の根が噛み合いません。こんなに厭わしい思いをするなんて、そうあることではないでしょ

う。右側で山羊髭が同情するように私にうなずきかけ、六号は耳元で囁きました。

「お忘れなさい。気にしないで。弁明したのだからもういいじゃないですか。そんなにぴりぴりしないで」

そして乾いた指がさっと私の手を握りました。

「すみませんが」と、私は六号の方を向きました。「まあ、われわれ、私やあいつらは仕方ないかもしれませんん、でも、あなたが愛になにを求めるんです、何故あなたみたいな人がわれわれと一緒になって瞳孔の底なんかをふらふらしているんです？　あなたは図書館的精神の持ち主なのだから、しおりでもあればそれで十分じゃないですか。頼まれもしないのに専門外のことに鼻を突っ込んだりせず、その鼻を行に突き合わせて、本や公式と暮らしていればいいのに」

講師は当惑してうなだれました。

「だれにでもあることなんですよ……タレスですら星を見上げながら散歩していて井戸に落ちてしまったと言います。私も同じです。その気はまったくなかった、だが瞳孔を差し出されるとね……手短にお話しましょう、当時私は高等女学校で心理学の講義をしていました。まあ、ゼミとか実習とかレポートとか、そういうやつです。当然、女学生たちが私のところにやって来たわけで、テーマや情報、文献を求めて、ときには家まで来ることもありました。その中にあの、われらが彼女もいたんです。一度目、二度目。当時の私はまだ、女性にとっては科学が、他のあらゆること全般と同様に擬人化されるとは知りませんでした。質問——返答——そしてふたたび質問。彼女が特に理解の早いほうだったとは言えません。あるとき、ヴェーバー＝フェフナーの公式*における興奮対数を説明していて、彼女が聞いていないことに気づいたのです。「私の言ったことを繰り返して下さい」。彼女は黙って目を伏せて、なにかに微笑んでいました。「何故あなたがここへ通って来るのかわからない」と、私はついかっとなって、確か、本で机を叩いたように思います。すると彼女は目を上げて私を見て、そして私はそこに涙を認めたわけです。こういう場合、ふつうはどうするのかわかりませんが、私は近寄って、不注意にも彼女の濡れた瞳孔を覗いてしまった。それで私も……」

六号は手を振って、黙り込みました。

そしてふたたび、井戸の黄色い滓がわれらの上に垂れ込めました。私は円筒形に閉ざされたガラスのような壁に目を這わせつつ考えていました、「まさか本当にこれが私の最後の住処なのか、現在は永遠に失われてしまって、もはや取り返しがつかないのか？」と。

---

* エルンスト・ハインリヒ・ヴェーバー（Ernst Heinrich Weber, 1795-1878）はドイツの解剖学者、生理学者。グスタフ・テオドール・フェフナー（Gustav Theodor Fechner, 1801-1887）はドイツの生理学者、心理学者、哲学者、作家。フェフナーはヴェーバーの弟子で、ヴェーバーの発見に基づきフェフナーが定式化した感覚と刺激の関係に関する法則がヴェーバー＝フェフナーの法則である。ともに実験心理学、精神物理学の先駆者とされている。

そうこうしているうちに一号の順番がやって来ました。黄斑の上に黒いものが乗りました。その横には、ほら、この本がありました（クアッガはこの本を片時も手放しませんでした）。

「親密な場面でのある兆候を基に」と、黒い斑点が話しはじめました。「すべての女はたやすく四つのカテゴリーに分類することができる。ひとつめに属するのは、会ってあげているのだからとばかりに、脱がせるのも着せるのも男にやらせる女たち。私の分類では、高い身分の妾の大半、それに愛人を従順な奴隷に変身させ、全責任と、指の間で飛び跳ねるホックやボタンをはずしたり留めたりといった熱狂的な仕事をすべて押し付ける技術を心得ている女は皆、このタイプに当てはまる。第一カテゴリーはその際、あたかも自分は無関係であるかのように目を閉じて、やらせてくれるだけだ。第二カテゴリーは、脱がされるが自分で着る女たち。男はその間窓や壁を見ていたり、煙草に火をつけようとしていたりする。第三カテゴリーは、おそらく最も危険なタイプだが、自らホックやボタンへの道を示しておきながら、その後は男心をくすぐるこまごました身づくろいのすべてにおいて愛情を込めて奉仕するよう強要する女たち。これは大半が性悪の媚女《コケット》、きわどい話を好む百戦錬磨の肉食獣、一言で言えば「こっちへおいで」タイプが多い。最後に、第四カテゴリーはパートナーが多かれ少なかれ我慢して待っている間に、自発的に脱いで自発的に着る、――これはまあ、安娼婦、色気も素っ気もなくなった夫婦者、その他大勢。ここで質問だが、わが親愛なる後輩諸君、われらが女主人をいったいどのカテゴリーにあてはめる？」

斑点は間を取りました。するとすぐさま四方八方から先を争って声がしました。

「そりゃあ一番でしょう」

「なにをおっしゃる！　二番ですよ」

「まさか！　三番だ」

　そしてだれかのしゃがれたバスが他の叫びを遮って怒鳴ったことには、

「最後のだ」

　黒い斑点は声無き笑いに身を震わせました。

「こうなると思っていた、意見が分かれないはずはない。この本は――ほら、私が持っているこれだが――多くの者について、多くのことを知っている。もちろん、空白のページがまだまだあるし、われらは全員そろったわけではない。だが遅かれ早かれ、女主人の瞳孔が人を惹きつけて誘い込む力を失うときが来る。そしてそのとき、最後の一人をほら、これらのページに書き加えたあかつきには、『ある目を奪う魅力の体系的歴史大全』の編纂に着手しようと思う。項目索引と固有名詞索引つきだ。われらが六号ならば、私のカテゴリーについて、方法論的意味を持つ図式に過ぎないと言うだろうか。カテゴリーとカテゴリーの間のとびらは完全に開け放たれており、われらが彼女がすべてのカテゴリーを通っていたとしても、驚くには値しない。

　彼女が私のおかげで女になったことは諸君もご存知のとおり。あれは何年前……もっとも、重要なのはただ一つ、それがあったということだ。われわれが紹介されたのはある文学の茶会でのことだった。「田舎から出てきたばかりの娘です、どうぞよろしく」と。乙女の脆さをきわだたせる流行おくれの服がそれを裏づけていた。私は目でその目を捕らえようとしたが、だめだ、――まつげを振ってそれらは逃れた、――そして逸らされてしまった。

それからわれらは皆、コップの中で匙をかき回しながら無駄話に興じ、だれかがページを取り違えたりしながら原稿を読んでいた。文化的退屈の会の主催者は私を隅の方へ連れていき、「一人でしょう、こんな夜にもし道に迷いでもしたら」と、田舎のお嬢さんを送っていくよう頼んだ。そう、彼女のコートの掛け紐がちぎれていたのを覚えている。

外へ出た。土砂降りだ。私は御者を呼び止め、われわれは斜めに鞭打つ雨の間を縫って、馬車の革のボンネットの下へともぐりこんだ。彼女がなにか言ったが、下ではもう石畳ががらごろと音を立てていて、言葉を聞き取ることはできなかった。急カーブ、ふたたび急カーブ。それとなく彼女に肘を密着してみた。娘は震えて身を離そうとしたが、離れるだけの余地はなかった。全力疾走の石畳は短い神経質なリズムを打ってわれらを押し合わせた。どこかそのあたり、すぐそばの闇の中に、彼女の唇があった。どこなのか知りたくなって体を傾ける――とその瞬間、私が予期していなかったことが起こった。彼女はいきなり前へ乗り出し、馬車の革カバーをぐいと引っつかんで、走っている馬車から飛び降りたのだ。誰だかの小説でこのような方法について読んだ気がする、だがあちら、小説の世界では、こういうことをするのは男と決まっていて、おまけに土砂降りの雨はたしか小説の構成には組み込まれてはいなかったはずだ。しばしの間、私は空《くう》を隣にすっかり意気消沈して呆然としていて、そのうえ御者を起こしてやせ馬を止まらせるのにも同じだけの時間を費やした。御者は私が馬車から飛び降りるのを見て彼なりに曲解し、金を払えと叫んだので、さらに数秒無駄にしてしまった。やっと濡れた歩道を駆け出した私は、夜の暗黒の中、逃げた娘のシルエットを見分けようと目を凝らした。街灯は既に消えていた。十字路のところで彼女に追いついたかと思われた、が、女は振り返ると、思いがけずも歯と歯の間に火をちらちらさせて「寝ましょうよ」と誘った。街娼だったのだ。また先へ走り出す。十字路に出た——分かれ道だが、どこにも見当たらない。ほとんどあきらめかけながらもあてずっぽうに通りを横切ると、いきなり逃げた娘と衝突しそうになった。すっかり凍えきって、雨の鞭に打たれて立っていた彼女は、どうやら裏道の網に絡まってしまって、どこへ行けばよいのか判らなくなったようだった。われらの会話を伝えるのは止めておこう、今までに何度も話してきたことだから。私の後悔は心からのものだった。彼女の濡れた指にくちづけて許しを乞い、怒るのを止めてくれなければ水溜りもかまわずひざまずくと脅した。われらはふたたび馬車を探し出して、私はいかに石畳に押されようと肩と肩が触れ合わないように努め、道中ずっとおとなしく座っていた。二人とも凍えきって、歯の根がかみ合わなかった。別れ際に、ふたたび冷たい指にくちづけると、わが道連れは突然、若々しく明るく笑った。一日か二日後に、私は約束の言葉とドーヴェル粉薬*をたっぷり携えて彼女を訪問した。後者は

＊　アヘンとトコンの複合粉薬。主に呼吸器カタルの際に服用。

役に立った。かわいそうに、彼女は咳をしていたし、寒気がすると言っていた。私は君のような手段は取らなかったがね、一一号君、そのころはまだ……それには時期尚早だったから。少しでも不用意なことをしたら、生まれかけている友情があっさり壊れてしまう。当時の私は、今のこの色褪せた灰色の斑点よりはましな姿をしていた。われらはしばしばスプリングのぐらぐらするソファーに座って、夕方遅くまで語り合った。うぶな少女は街も、世界も、私のことも知らなかった。われらの対談のテーマは、風の吹くまま気の向くまま、あちらへ、こちらへと揺れ動いた。石油ランプの扱い方を根気よく説明してやったり、自分でも混乱して歪曲させながら、カントの批判書の前提条件を述べたり。ソファーの端におさまり、膝を抱えて、彼女は貪欲に聞いていた——石油ランプの話も、カントの話も——深い、暗色の目を私から逸らさずに。そう、彼女の知らなかったものがもうひとつ、それは自分自身だった。夕方も遅くまで長引いたある対談の折、彼女に彼女自身を説明してみたことがあった——今ではほら、もう半分がた埋まってぼろぼろになっているこの本、諸君全員が私の手にあるのを目の当たりにしているこの本の留め具をはずしてみようと試みたのだ。そう、その夜われらは彼女の未来のこと、彼女を待ち受けている数々の出会い、夢中になり、絶望し、また出会うといったことを話した。私は執拗に彼女の未来のとびらを叩き続けた。彼女は短く乾いた笑い声を漏らしたり、訂正したり、口を挟まず黙って聴いていたりした。たまたま(煙草の火が消えたのかもしれないが)、マッチを擦ると、黄色い光の中に彼女の顔が今までとは違って、あたかも未来の姿を先取りしたかのように、大人っぽく、女らしく見えた。私はマッチを吹き消し、引き続き時間の中へと飛び込んだ。初恋、人生との初めての衝突、別れの苦味、そして繰り返される心の経験がもはや過去のものとなっていった。駆け足の早口言葉で接近していったのは、感覚が鞭打たれて疲弊してしまう時期、しなびることへの恐怖感から焦って幸せを台無しにしてしまう時期、好奇心が情熱を打ち負かす時期……ここでふたたびマッチを擦った私は、驚きのあまり、指をやけどするまで目で目を見つめていた。そう、尊敬する後輩諸君、もしも私の実験を正しく行なっていったならば、一ダースの燐マッチによって、君たちがつかみ取っていった彼女の顔をすべて見ることができたはずだ。だが彼女は、私の手からマッチ箱をもぎ取り、投げ捨てた。われらの指は絡み合い、冷たい大雨に鞭打たれているかのごとくに震えていた。この先は、もう話す必要はあるまい？」

そして、人の姿に似た濁った斑点がゆっくりと這い降りていきました。

「われらがクアッガはいかがです？」、六号が好奇心を示しました。

私は無作法に黙っていました。

「おや、あなたときたら、嫉妬ですか。正直言うと、あのクアッガが第一号の特権を振りかざしているのには、この私でさえいらいらさせられたときがありましたよ。だが過去は覆せない、過去は王の中の王だ。あきらめるしかない、それに、よく考えてみると、嫉妬とはなんぞや？……」

けれども私は講義に背を向け、寝たふりをしました。六号は失礼な人間がどうのこうのとぶつぶつ言って、気分を害したように黙り込みました。

はじめは寝たふりだったのが、そのうち本当に眠ってしまいました。意識のない状態がどれだけの時間続いたのかはわかりませんが、まぶたの下に入り込んできた突然の光に目を開かされました。私のまわりは燐のように青く光っていました。肘をついて体を起こし、不思議な光の源を捜しました。ひどく驚いたことに、なんと光は私自身から発せられているのです。私の身体は燐の後光に包まれ、その短い光線は数フィートのところで消えているのでした。身体そのものも、ときに夢の中であるような、軽くて弾力のあるものになっています。まわりは皆眠っていました。ジャンプひとつで黄斑の隆起の上に飛び上がると、ふたつの光が光線を交えて、空気を虹のグラデーションで満たしました。もう少し頑張ってみると、私の軽やかな身体は夢遊病のように滑って、壁の垂直面を洞窟の丸天井へと登りはじめました。ほぼ閉ざされていた裂け目が左右に開き、そして、その縁に両手でつかまると、伸びやかで柔軟な私の身体はやすやすとそこを通り抜けて外へ出たのでした。目の前には私を底へと誘い込んだあの天井の低い廊下が延びていました。かつて、闇や壁にぶつかりながらその湾曲をさまよったところです。けれども今は、私のまわりを青く照らしている光が道を示してくれました。私の中で希望が沸き起こってきました。燐光に包まれた私は、瞳孔の出口へ向かって歩いて行きました。きらめきやなにかの輪郭のようなものが私を追い越して壁を滑っていきましたが、それを見ている暇はありませんでした。とうとう円形の瞳孔窓までやって来たときには、心臓が喉から飛び出さんばかりにどきどきしました。いよいよだ。私はやみくもに前に飛び出し、下りていたまぶたにぶち当たりました。いまいましい皮のよろい戸が出口を遮断していたのです。腕を振り上げ、拳骨で叩いてみましたが、まぶたはぴくりともしません、女性は、どうやら、熟睡しているようでした。怒り狂って防壁を膝で蹴ったり肩で打ったりしはじめると、まぶたがぴくぴくしたのですが、このとき私を包んでいた光が薄れて消えかけてきた。取り乱した私は、真っ暗闇に取り残されるのを恐れ、一目散に駆け戻りました。光線は私の体内へと吸収されていき、それとともに重さも戻ってきました。鉛のように重たくなっていく足取りで息を切らせつつ走って、やっとのことで洞窟の丸天井の孔までたどり着きました。孔は私に対して恭《うやうや》しげに口を開き、私は跳び下りました。風に砂塵が舞うごとく、思考が頭を舞っていた――何故戻ってきた、いったいどんな力に押されてふたたびどん底へ、自由から隷属へと舞い戻ってきたのか、それとも、ひょっとすると、すべてはばかげた悪夢にすぎないのか？　でもそれならなぜ……自分の場所まで這い戻った私は、六号の肩を揺さぶりました。彼は飛び起きて、そして、目をこすりながら、私の質問を雨あられと浴びました。

「ちょっと待って、待って下さい、夢とおっしゃるのですね」と、燃え尽きた私の後光が消えていく、その最後の閃光を注意深く眺めつつ、彼は聞き返しました。「ふむ……実際に夢が進行しているようだ、そしてその夢は（驚かないで下さいよ）――あなたなのです。そうです、ここではこういうことが他の人にもありましたよ。彼女の夢はときにわれらを呼びさまし、夢遊病者のように何故ともなく、何処へともなくさまようことを強いるのです。あなたは今彼女の夢に出ているのですよ、おわかりですね。待って、ここのところがまだ光っている。おや、消えた――すなわち、夢は終わったんだ」

「六号さん」、私は彼の手をつかんで囁きました。「もうこれ以上我慢できない。逃げましょう」

けれども私の隣人は首を横に振りました。

「無理ですよ」

「そんなことないでしょう？　ついさっき行ってきたんですよ、世界の入り口のところに。まぶたさえ閉じていなければ……」

「無理だ」、六号は繰り返しました。「まず、彼女の目から出たとして、あなたが自分の主人を見つけるとだれが保障するんです。もしかするとふたりはもう別れてしまったかもしれない、空間は広大ですが、あなたときたら……道に迷って、死んでしまいますよ。第二に、あなたの前にも逃げようと試みた命知らずがいましたよ。彼らは……」

「どうなったんですか？」

「なんと、戻ってきたのです」

「戻ってきた？」

「そうです。丸天井の孔は、夢に出ている者か、あちら側、世界からやってくる者にしか開かない。ですが夢はわれらに手綱をつけて、閉ざされたまぶたで現実と遮断し、夢が終わると手綱を引いて底へと連れ戻す。残るは第二の方法、つまり、天井の裂け目が新来者に対して開かれる瞬間を待って外へ飛び出す——それから先は洞窟の路を通って（ご存知ですね）——そして自由へと出る道です。簡単な気がしますよね。しかし、ここにはすべてを無に帰しかねない微妙な問題がひとつあります」

「なんのことかわかりません」

「外へ抜け出すその瞬間に、あなたのかわりに中へ飛び込んで来る例の新入りと、頭と頭、肩と肩をつき合わせるはめになるわけですよ。そこで、後釜をせめてちらりと、一瞬でも見たいという誘惑が通常はあまりにも強く……まあ、一言で言えば、一秒を失う者は自由を失うということです。瞳孔は閉ざされ、逃亡者は新来者もろとも底に落ちてしまうのです。とりあえず、これまでの試みの行き着く先はそんなところでしたね。つまり、どうにも逃れられないような心理的な罠があるわけです」

　私は黙って聞いていましたが、「無理」という言葉が繰り返されれば繰り返されるほど、決心は固まっていくのでした。

　私は数時間を詳細なプランを練って過ごしました。そうこうしているうちに二号の番がまわってきました。口数の少ない隣人が、左側から黄色の光へ這い出しました。彼のくすんだ、ぼんやりした猫背の輪郭を見たのはそれが初めてでした。困惑気味に咳払いをして、彼は少しどもりがちに話をはじめました。

「どうであったかというと、こういうことなんです。あるとき私は手紙を受け取りました。やけに長い封筒でした。なんとなくバーベナのにおいがする。開いてみると、やたらと傾斜した、蜘蛛の巣のような字でした。読んでみると、なんでしょう?……」

「静かに」と、突然クアッガの声が鳴り渡りました。「話を止めろ。ほら上の方で……聞こえるか?」

話し手と彼のまわりの声は即座に黙りました。はじめはなにもないかのようでした。そのうち——気のせいか、それとも現実なのか——丸天井の上の遠くのほうから——軽い、用心深い足音がしているのでした。途切れた。まただ。止んだ。

「聞こえますか?」と、六号が耳元で囁きました。「現れた。さまよっている」

「だれが?」

「一三号ですよ」

そしてわれわれは、最初はびっくりさせないように小声で、それからどんどん大きな声で、被忘却者のテーマを歌いました。ときどき——クアッガの合図で——歌を中断して、耳をそばだてました。もう本当にすぐそこまで来ているらしかった足音が、突然遠くなりはじめました。

「もっと大声で、大声を出せ!」と、クアッガが怒鳴りました。「奴を誘え、誘うんだ。逃げようったって、そうはいくもんか」

そしてわれらのかすれた歌声はたけり狂い、牢獄のつるつるした壁を揺さぶりました。

ところがあちら、一三号のほうは、暗い通路のどこかに潜んで、どうやら躊躇し、足をすくませているようでした。とうとうわれわれは皆力尽きてしまった。クアッガは休憩を許可して、まもなくまわりは皆、眠りに落ちました。

しかし私は疲労に負けませんでした。壁にぴったりと耳をつけて、闇の中でずっと聞き耳を立てていました。

はじめは静まりかえっていましたが、そのうちふたたび、あちら、丸天井の上で足音が近づいて来るのが聞こえはじめました。天井の孔がゆっくりゆっくり開いていきました。私はつるつるする壁の突起をつかんで上に登ろうとしてみましたが、すぐさま手が滑って落ちて、なにか硬いものにぶつかった。それは忘却の書でした。音を立てないよう気をつけて動きながら（突然クアッガが目を覚まさないとも限りません）、本の留め具をはずし、掛け金を使って突起から突起へ、広がりつつある出口の孔の縁に手が届くまで、素早く身体を持ち上げていきました。向こうからだれかが頭を乗り出していましたが、ぎゅっと目をつぶって、身体をえいやっと外に投げ出し、わき目も振らず一目散に前へ駆け出しました。瞳孔の迷路はすでに二度さまよっていますから、暗闇の中でもなんとか迷わずに済みました。まもなく、正面の半ば閉ざされたまぶたの下からぼんやりした光が見えはじめた。脱出した私は枕に跳び下り、向かい風の呼吸の突風と闘いつつ歩きはじめました。

「実はあの人じゃなかったらどうしよう、私の主人ではなかったら？」、恐怖と期待の間を揺れ動きながら、私はこう考えました。そして、ついに夜明けの光の中に巨大化された自分の顔立ちを認めたとき、何日も離れ離れになっていたあなたを目にしたとき、ご主人様、私はもう二度とあなたを捨てはしまい、他人の瞳孔をうろついたりはしまいと固く決意したのです。もっとも、私がではなく、あなたが……」

瞳孔の小人は口を閉ざし、黒いフォリオ版の本をわきの下に挟んで立ち上がった。暁のばら色の斑点が窓をさまよっていた。どこか遠くで車輪の音がした。女のまつげがかすかに震えた。瞳孔の小人はそれを恐ろしげに見遣って、疲れた顔をふたたび私の方に向けた。彼は指図を待っていた。「きみの好きにするがいい」と、私は彼に微笑みかけて、自分の目をできるだけ小人に近づけてやった。彼はひとつ跳びで私のまぶたの下に到達し、それから私の中へと歩を進めていった。しかしなにか、おそらく肘の下から突き出ていた本の尖った角が、瞳孔の端を引っ掻いたのが、鋭い痛みとなって脳に響いた。目の中が真っ黒になったのは一瞬かと思ったらそうではない。暁はばら色から黒になり、あたりには黒い夜が黙していて、あたかも時が前足を折り曲げ、あとずさりしていったかのようだった。ベッドから滑り出て、すばやく、音を立てずに服を着た。ドアを開けた。廊下、曲がり角、とびら、とびらがもうひとつ、そして、壁を手探りで、階段を一段一段――外に出る。街だ。私はまっすぐ、曲がらずに、どこへ、なにをしに行くのかもわからないまま歩いて行った。少しずつ空気が希薄になって、家々の輪郭が解放されていった。あたりを見回すと、青みがかった茜色の二度目の夜明けが私に追いついていた。

突然どこか上のほう、止まり木で鐘が寝返りを打ち、銅と銅を打ち合わせた。私は目を上げた。古ぼけた教会のひさしから、三角の中に描き込まれた巨大な目*が薄闇を通して私にじっと注がれていた。

肩甲骨の間をコンパスの針でちくちくとつつかれるような寒気が走った。「色を塗ったレンガ」。それ以上のなにものでもない。霧のけばに絡まった足取りを解《ほど》きながら、私は繰り返した。色を塗ったレンガ、それ以上のなにものでもない、と。

光の糸に貫かれた薄闇の中から、懐かしいベンチが現れた。ここで私は待ったのだった——あれはずいぶん前のことだったのだろうか——闇が付き添ってくれるのを。今、ベンチの板は朝露に煌めいていた。

湿ったベンチの端に腰掛けて、思い出した。まだはっきりとした輪郭をとっていないながらも、瞳孔の小人の物語が私を訪れたのはここだった。今ではテーマを物語に定着させてみるのに十分な材料が揃っていた。そして早速、近づいてくる昼に向かって、人々になにも語らずにすべてを語るにはどうしたらいいか考えはじめた。なによりもまず、真実を削除しなければ、人々には必要のないものだ。それから、痛みを筋の許容範囲のぎりぎりまで派手にする、そうだな。日常で少しよごしを入れて、そして絵の具の上からニスを塗るように、ちょっとした俗悪を表面に塗って——これはなしにすませる訳にはいかないのだし。最後に、哲学めかしたところを二、三加えて、そして……読者よ、きみは顔を背けるのか、瞳孔から文章を振り落としてしまいたいか、やめてくれ、長

＊　あらゆるものを見る《神の目》を表すキリスト教の図像。

い空っぽのベンチに私を捨てていかないでくれ。手のひらと手のひらを合わせて――そう、こんなふうに――もっと強く、もっと強く――私はあまりにも長いことひとりだった。こんなことは他のだれにも言いはしないが、きみには言おう。そもそもなぜ、子供たちを闇でおどかすのだろう？　闇で子供たちを落ち着かせて、夢へと誘うことができるのに。

一九二七年

支線

秋草俊一郎　訳

レールの継ぎ目が、軌道のスタッカートを刻んでいた。壁のフックにつばをかけられた制帽が、ラシャのこめかみから偏頭痛を振り落とそうとするかのように、しきりに身を揺らしていた。クヴァンティンは書類鞄を開くと新聞をとりだした。だが、頭上でくすぶるばかりの白熱灯のフィラメントは、睡眠を妨害するだけの光量しかないのだった。紙面のぼやけた八ポイント活字は、言葉のていをなすのをしぶるばかりだ。クヴァンティンは新聞をたたむと、窓ガラスに顔を寄せた。枝を黒いはりつけ台のように広げ、光から身を隠している松林の猫背の輪郭が、夜に倒れこんでいく。なんだか寒気がする。窓からの隙間風か、それとも風邪か、どちらだろう。クヴァンティンは頭を書類鞄にのせ、両脚に外套をかけようとした。だが袖の垂れた、丈の短いつるつるした外套の身頃はずり落ち、肩の下では固い板がガタガタ震えていた。起きあがって、寝ずにいたほうがマシかもな。もうさほど遠くないんだから。肺病病みの蒸気機関車は、しゃがれた声をもらすと息を詰まらせた。「迷子みたいだ」――そうクヴァンティンは思うと、肘をついて体を起こした。フックにかけた帽子は相変わらず揺れていたが、揺れ方は前より心もちゆっくりに、より思わしげになり、その下に両目を隠しているようにも見えた。「もし帽子の下、革ばりされたその裏地の下にある国や世界で――時々、いや、ごくまれに――頭蓋の縁で生まれた想念、なにかくだらない思いつきみたいなものが、隣りあっているせいで、帽子に迷いこんでしまって、頭から帽子への外出は、思考にはまったく気づかれない、そんなことがあるとする……それならば……」バンパー同士というより、羽毛の詰まった枕がぶつかりあったようなふわっとした揺れで汽車が急停止した。

「それならば（きっと腕木信号機だ）……いや、いや、このまま『それならば』に沿っていくのではなく、支線に逸れるほうがいいだろう。帽子が頭にのっているみたいに、私たちの脳それ自体が別の脳にのっていると仮定してみよう、いまこの想念をめぐらせている大脳皮質下のやつが、私の思考を軽く持ちあげたりして愛想よく挨拶する——そこで会ったのは……」だがその想念を、腕木を下ろした信号機の影のようにさえぎって、耳に綿のような触感が——

「夢を見せてくださいませんか」

クヴァンティンは軽く頭をあげた。車掌の制帽の縁飾りの下に赤毛の顎髭が、髭越しに笑顔があった。

「恐れ入りますが、夢を拝見」

何を言われたかわからぬまま、クヴァンティンは言葉の意味ではなくリズムを追ってみて、ポケットからキップをとりだした。

「これですか？」

ボール紙に鋭い音をたてて入った鋏が、車掌の手に戻った。下から青白いランタンに円く照らしだされると——パンチ穴越しに、あたかも絡まりあう光の糸が極小の窓を通して流れてくるかのように——極彩色の点、線、輪郭があらわれた。クヴァンティンは目を細めて凝視しようとしたが、その小窓はすでに車掌の手のひらに飛びのっていて、青白いランタンはそっぽを向き、髭の向こうから笑顔といれかわりで言葉がとんできた――

「急いでくださいね。起き過ごさないように。乗り換えです」

クヴァンティンは訊きたかった――どこに、それになんだって夢がでてくるのか。だが、車掌の後ろ姿はもうドアからすべり出ていて、客車の仕切り一〇枚ほど隔てたどこか向こうから張りのある声が響いていた。「恐れ入りますが、夢を拝見」

仕方ない。クヴァンティンは席を立って出口に向かった。彼の両脚はどこか綿のように虚ろで、かろがろとしている。肘で脇にはさんだ書類鞄は柔らかく、弾力があり、夜に備えてたたいてふわふわにふくらませた枕のようだ。足どりはステップに導かれるまま降りていく。靴底ごしに感じる地面はあたたかい。停止している列車から離れると、新しい車両がある。クヴァンティンは闇をぬけて、ぜえぜえ息を吐き出す汽車の上方に沸きあがる火花の柱の方に歩いていった。火柱は七色の焚き火のように上空に沸きでると、燃えさしになって地面に落ちていく。そのきらめきの中に、汽車の煙突が輪郭を浮かびあがらせていた。大口を開けた漏斗、月面のクレーターみたいな煙突を支えるひん曲がった一本足は、走りをおぼえたばかりの汽車が、レールの上にけだるげに寝そべっていた未踏の空間をピストンで押しのけていた、かつてのジョージ・スティーブンソンの時代を思いおこさせた。客車はといえば、屋根は陥没し、関節のように繋がって突き出ている段が備えつけられた、とうの昔に作られなくなったものだ。「支線……」クヴァンティンは考えた。「錆びついた狭軌のレール、車輪つきの石棺、大事故行きにならなきゃいいが」だが、暗く低い車両にそって、ランタンの青白い目はすでに滑っていた。汽笛がこおろぎのような甲高い音程で闇を貫き通した。階段につまずいたクヴァンティンは、ちょうどいいところにあった手すりをつかんで車両に飛び乗った。バンパーがダラララとティンパニーのような音をたて、汽車は動きだした。最初のうち、車体の窓は外気にゆっくり身を擦りつけていた。古い機関車は――踵からひっきりなしにずり落ちようとする柔らかい夜用スリッパを引きずるように――蒸気を引きずりながら、闇夜を抜けていった。それでも車輪は徐々に速度を上げていった。加速しながら回転する糸巻き《ボビン》から糸が縒《よ》りもどされるように、車輪からレールがほどけていった。車体の湾曲したスプリングが、レールの継ぎ目で悲鳴をあげた。汽車の胸板で切り裂かれた空気が、車体の隙間という隙間から吐きだされてざわめいた。窓は夜を追いぬき――あまりに速く明滅するせいで、輪郭が溶けあってしまった角と曲線の衝突を振りあげ車輪の疾走に追いすがる――青白い薄明をもすでにすべり抜けていた。指先から跳んで逃れようとする壁をつかまえ、クヴァンティンはガラスについた革ばりの取っ手をひきおろした。ガラスは、カチャンという高い音をたてて滑り落ちた。穏やかな、湿った熱帯の風が、顔に吹きつけてきた。瑠璃色がかった空気の中、見慣れない樹の影が汽車のすぐ脇を飛び去っていく。丘のあちこちに群生するこの樹木の幹は、鱗で覆われた裸体を上方に曲げ、てっぺんで巨大な緑の葉を広げようとしていた。「椰子の木だ」――その思いも、風とともに額をかすめていった。クヴァンティンはなんとか事態を飲みこもうとした。沼地に生える柳や、寒がりの白樺、針に覆われたような針葉樹の林にどうして突然?……だが汽車の速度は、想念半分、車輪半回転分ほど論理を追い越していたようだ。そのあとから暖かい風——魂をなでる羽のような——が吹いた。赤熱した煙突から吹き出る火花とともに、極彩色の鳥の群が眼前を飛び去り、ククク、ココココという鳴き声が耳をうった。遠くで地崩れが起きるくぐもった音や、風によって見えない反響板からまびかれた弦がたてる撥音が開いた窓に押し寄せてきた。見知らぬ草のつんとする香気が、鼻孔に潜りこんできた。どっと入りこんできた青白い空気に流されて車両に迷いこんだ蝶が一頭、しわがよった翅を頭上の網棚にぶつけていた。クヴァンティンはその鱗粉の模様を知っていた。学名ウラニア・リペテウス、緯度二〇度を越えて飛来することのない、亜熱帯に生息する種だ。昆虫の分布図が載った図鑑のページが、色鮮やかな相似物を記憶の中で翅のように掲げ、ふたたび表紙の下に寝かせた。汽車の速度が落ちてきていることにクヴァンティンは気がついた。車両の熱を帯びた側面はまだ慣性の力で揺れてはいたが、たわんだバネがきしむ音は低くなり、音の間隔も開いてきていた。窓に映る影はゆっくり、鮮明になっていた。車輪の下でレールの継ぎ目がガタン、ゴトンという音をたて、橋桁がまたぐ空間がうなり声をあげていた。ポイントがカチリと切りかわる音がして、ちぎれた糸にも似た長い汽笛が鳴り、汽車が喘息ぎみに息を吐いて叫び声をあげると、車両の階段が地面に架かった。クヴァンティンは床に放りだされていた書類鞄を探りだすと、あたりをきょろきょろ見まわしながらホームに歩みでた。そのガラス張りの壁面の下は空っぽで、物音ひとつしなかった。「乗っていたのは本当にぼくひとりだけだったのか」乗客は当惑して、もう一度あたりを見まわした。誰もいない。ひとっこひとり。半人前さえも。ただ、宙に伸びた平べったい腕が道案内をしているだけだ。青白いマニキュアを塗られた巨大な爪が自分の背を指しているのを意識しながら、クヴァンティンは通りすぎた。光は薄明にしては少し澄みとおりすぎていて、日中にしては薄暗すぎた。余所者はひとりきりで、目を凝らして時計の文字盤を探しだした。だが、天蓋に隠れた数字と針は、夜の喪布《もふ》にくるめとられてしまったようで、目は時間を判別することはできなかった。両側の壁は狭まって通路になった。もう一度、なにもない空間を見まわした乗客は、壁が続くほうへと向かった。はじめのうちはぴったり敷きつめられた石と、それを足が打つ音以外はなにもなかったが、遠方のトンネルの開口部に明るく見えてくるものがあった。「早く出たい」足どりを速めたクヴァンティンは、石の天蓋の下に、こちらに向かって貼りだされている大判のポスターを目にした。文字へと頭をあげるよりなかった。

！すべてを重夢の
重工業へ！

棍棒状の黒い感嘆符が二つ、スローガンの左右に立って言葉を警備していた。「戻ったほうがよさそうだ」だが背後で凝固した沈黙が、歩みを進めるよう押しやってきた。心臓の鼓動は一層早く、大きくなり、足どりは静かにゆっくりになっていく。

突然トンネルがとぎれた。クヴァンティンは広場に通じる階段に出た。頭上をさえぎっていた石の天蓋のかわりに、今では青空が広がっていた――だが視線の先、せわしげに蠢《うごめ》いている群衆の上空では、ほうり投げられた縄と蜘蛛の巣のように繊細な網のただ中で、なにか奇妙な煙の塊のようなものが、輪郭を流動的に変えながら蠢いていた。人々は無言のまま、一心に働いていた。上空にほうられた糸は投げ縄のように縒りが戻ると、広場に流れついた巨大な塊のくすぶる脇腹に次第に巻きついていった。いくつかは上空に逃れようとしたが、何百もの腕によって地面の方へ引っぱられていた――その光景は、銛を刺されて泡立つ海面にゆらゆらと生気のない背中をさらしているクジラのようだった。なにが起こっているのか、クヴァンティンにはすぐ理解できなかった。とらえられた輪郭のうちひとつが、偶然網から滑り落ちて屋上に浮かび、透明な羽毛に覆われた外形を揺らしながら、風に持ちあげられてすばやく逃げだしたときになって、やっとはっきりした。眼前でおこなわれているのは、雲合霧集して山間を流れる雲の狩りだ。

クヴァンティンは階段を降り、広場の端を通りつつ黒雲の吹きだまりから出ようと歩を進めた。狩りの真っ最中ということもあり、みな、手と目がふさがっていたので、書類鞄を脇に抱え、慎重に人波をすりぬけ街路の網に向かう余所者の人影に気をとめるものはいなかった。

歩きだしたはじめこそ、家々の張り出しと角にぶつかりながらだったが、そのうち空気が次第に晴れると、色と形が鮮明になりだした。前方には生い茂った街路樹の下、広々とした通りが伸びていた。やや弱められた陽の光と影をまとい、その通りはさらに歩みを誘うのだった。日中らしいというのに、窓はみな、ブラインドのまぶたで閉ざされ、締められたカーテンのひだの向こうに隠れている。ベンチには影がふんわりと敷きつめられ、あちこちに人々が腰かけている。ごくまれにゆっくりとした足どりで通り過ぎる人もいた。ひとり、大ぶりな帽子のつばで顔を隠した男が、ほとんど肩と肩が触れあうくらいそばを通った。短く息を吸う合間に、長く息を吐き出しているその男は、深い眠りについているかのようだった。クヴァンティンは行き先を変更して後をつけたくなったが、この時、別のことに注意を引きつけられた。男が電柱の根本に立って、足に重い金属の鉤を括りつけていた。ただの電線修理工にしては、その衣服はどこか奇妙だった。優美な燕尾服、白いチョッキに、エナメルのブーツは鉄製フックの物々しい半円形に押しこまれている。傍らには道具箱のかわりに楽譜のファイルがあった。クヴァンティンは立ちどまって観察を続けた。最後の革紐を締めると、燕尾服の人物は電柱に金具をカチャリカチャリと一足ずつひっかけ、電線を目指して、くるぶしを使ってゆっくり登り始めた。ベンチで固まっていた数人が顔を上げた。二、三人の通行人が立ちどまった。カフスがひとつ、平行に並んだ電線の弦の上に舞いあがると、金属のアルペジオが街に響きわたった。ブラインドは緑色のまぶたを少し持ちあげて待機していた。音楽家は風に舞う燕尾服の翼のような裾をひるがえすと歌いだした。

淑女紳士のみなさま、夢みる人にみられる夢の方々、太陽はぼろ財布からこぼれた一グロシュにすぎず隙間に落っこちるみたいに、夕暮れに落ちました。

また、エゾマツが椰子の夢をみるときがきたのです。

生とは影のしとねにすぎず、光陰レーテ河を飛びこえたり。

眠ることは死ぬこと。* つまりは「詩人に権力を」。


鈍い和音が、電線をうなって電柱から電柱へと伝わった。歌手は細めなおされたブラインドにお辞儀をして降りはじめた。

街はふたたび水を打ったように静まりかえってしまった。せめて足音で静寂を乱そうと、クヴァンティンは先に進むことにした。

突然、黒い扉から出て、歩道を横切るものがあった。影に潜りこんだり、光の中に浮かびあがったりしながら——ちょこまかすばしっこく動く黒い人影だ。地面に擦るほど丈の長い長衣《スータン》をたく

＊　シェイクスピア『ハムレット』第三幕のモノローグの一部 "To die: to sleep" から。

しあげ、鷲鼻の横顔を右、左とくるくるさせながら、二軒の家の間に割りこむようにして視界から逃れた。だが、消えた頭の、銅版画のエッチングのような輪郭、肩までかかるひだ飾りをつけた長方形の帽子に押しこまれて四角くなった額は、奇妙にもどことなく懐かしく――虫が食った古本の、あのかび臭さが漂ってきそうなものがあった。クヴァンティンは歩みを速め、後を追った。そこは路地だった。交わった影が落ちる中を、路地は音もなく直進し、次いで脇にすべっていく。壁の隙間の人影を追ったクヴァンティンは、角を折れる黒い背中と、裾をさっと持ちあげる鋭い肘の一振りを目でとらえるのに成功した。記憶と人に追われつつも、人影は一層足を速めた。だが、追いかける側のほうが、歩幅も広く、足どりも力強かった。たるんだ裾を踏んでつんのめり、長衣はどん詰まりの壁から壁へとうろうろしていたが、そのうち爪に捕らえられた鼠のように、鋭い歯をこちらに剝きだした。憎々しげに、それでいて驚いた様子で襟から伸びた首は、のど仏から後頭部にかけて剃刀ほどの厚さの血ぬれの切れ目が入っていた。「モア！」クヴァンティンは叫んで、その名につまずいたかのように立ちどまった。トマス・モアは一刻も無駄にすることなく、どこかの地下室に駆けこむ階段に身を投じた。背後に足音が聞こえないとなると、彼はまたふり返って余所者を凝視した。萎びた親指が感嘆符のように伸び、糸のような唇が波うった。

「衛生学的に有益な助言をしてやろう。頭を肩の上であまり着古すな。最初は思考をさずかるが、次に斧が降ってくることになる。帳尻合わせというやつだ。つまり頭とかしらで貸し借りなしになる」

クヴァンティンが口を開くよりさきに、地下室の扉が閉じられた。近づいたクヴァンティンが見ることができたのは、さびれた階段の入り口にかかった、重々しく角張った古い看板だけだった。なかば錆びに浸食された文字にはこうあった。

ユートピアの卸売り供給会社。創立……

時間の経過によって摩滅した年号は判読不能だった。

「そうか、もしやつがここでユートピア的社会主義の輸出を仕切っているのなら、つまり……」――落ちていこうとする階段を追って、すでにクヴァンティンは片足をかけていたが、突然のざわめきに身構えた。正面から――曲がりくねった横町を抜けて――ガラスが鳴るような、膨らんではけたたましくはぜる泡の音のような合唱が近づいてくる。どこか調子はずれな、ゴボゴボ、グワグワという陽気な音をたてる楽団だった。さらに少したつと、ガラスの歌い声を破って、ザッザ、ザッザッザという整然とした足音が響いてきて、ついでゆらゆら揺れる旗竿が角を曲がってあらわれ、ついには行列そのものが出現した。まず、クヴァンティンは竿の上で揺れているスローガンに視線を引きつけられた。**あらゆる不覚醒者に栄光あれ**――それから同じくらいふらつきながらスローガンの文字を追いかけている人々に目がいった。楽団は落ち葉の山が風に舞うように、でたらめに動いていた。楽士たちは底がぬけたガラスのビンを口から突き出していた。吹き出す息と浮腫《むく》みでふくれあがったその頬は、流しこまれる美禄《びろく》を通して、はぜる泡の行進曲を高らかに噴出していた。空になることがないガラス製の漏斗に向かって、欲情して赤紫に腫れあがった鼻が勃起していた。何百という手で壁をつかみ、行列の姿形を失いながらも、行進は続いていた——湿った狭い隙間を好むぬるぬるした体の大ムカデのように。

行進が壁をたよりにしやすい狭い横町を選ぶのは、偶然ではないのだろうと考えつつ、少しの間、クヴァンティンは怖いもの見たさで行進の後をつけてみた。だが、ちょうど目の高さに迫ってきた石から、だしぬけに身を乗り出した小さな字の長文広告が彼の注意ばかりか、歩みもひきとめるのだった。広告は丁寧な、押しつけがましくなりすぎない宣伝調で「重夢」なるものの長所をアピールしていた。すでに一度同じテーマに出くわしていた余所者の脳は、一行づつ注意深く、石に貼りだされた小文字を飲みこんでいった。それはこう呼びかけていた——「脳繊維の根幹に刺された金糸から生まれる軽工業や、いわゆる快適な夢の製品に比して、悪夢の重工業の主要なメリットは、悪夢を売りさばくことで、私どもは悪夢の**実現**を保証できる点にあります。購入者に『夢をつかませ』正夢にするのです。浅い眠りは現実との摩擦に耐えられず、寝ぼけた幻想は一本糸で編まれた靴下より早くだめになりますが、どっしりした重夢は——シンプルでも、仕上げが丁寧な悪夢は——たやすく人生に同化します。重い枷《かせ》がまったくない夢は砂上の雫《しずく》のように消えますが、夢のヴィジョンはある程度の硬度と強度を蓄えていますから、陽光で蒸発するさい、かの有名なプラトンの洞窟の丸天井に自分の硬い種子を残すでしょう。こうした残留物が積み重なって大きくなり、次第に剣《つるぎ》のような鍾乳石が垂れさがるのです」

「ですが、より現代的な用語で言えば、」小文字は新しい段落で話をついだ。「脳にのしかかる悪夢、わが社の製造品は、いつ何時頭に崩れ落ちてくるかもしれない道徳の天井のようなものになっていきます。購入者の中には、これを『世界史』と呼んでいる方もいらっしゃいます。もっとも問題は名称ではなく、私どもの悪夢の耐久性や、不覚醒性や、高度の抑鬱性や、お求めやすさにあります。これは広範にわたる大量の消費に応えることによってのみ実現するものです——つまり、あらゆる時代と階級、夜中と白昼の夢、月下でも日向でも、閉じている目も開いている目も想定しており」クヴァンティンはさらに読みすすめようとしたが、そこから下の紙は破りとられていた——おそらく、通りすがりの酔っぱらいだろう。文書から目を離して、彼は耳を澄ました。遠方で響く不覚醒者たちの賛歌は、聞きとるのがやっとになっていた。迷子になりはしないかとおびえつつも、彼はこだまの後を追いかけた。だが、狭い道の枝分かれに突きあたった。右か、左か？あてずっぽうに進んでみたクヴァンティンは、まもなくあやまちに気がついた。石造りの肋骨《リブ》を折り曲げながら、路地はざわめきから遠ざかるほうに続いていた。隙間をのぞかせていたブラインドのエラが、やはりぴたりと閉じたつんぼの鎧戸に変わっていた。おそらく、ここに不測の音波が迷いこんだら、自分の曲線を屈め、びくびくと外耳を避けるようにして通りぬけるのだろう。クヴァンティンは一歩一歩、辛抱強く歩きつづけた。交差点もなければ、通行人もいない。筋肉に疲労が染みこみ、こめかみに澱んだ血が重みを増していくようにうずいていた。

突然、角からさほど大きくはないが、はっきり聞きとれるざわめきが響いた。クヴァンティンは帽子から埃を払うように、脳から疲労をふり払うと、ここぞとばかりに音のした方に飛びだした。通りに面した壁の扉が開けはなたれていた。戸口のステップに荷馬車が停まっていた。数人の男たちが黙々とステップを上り下りしながら、柔らかそうにふくれた包みをつぎつぎと車のゆりかご型の底に積みこんでいる。一目見てすぐわかった。枕だ。綿毛の腹をお互いにくっつけあった、よく肥えた四角い枕だ。クヴァンティンは近づいてみた。緑の前掛けをした男が、くわえたパイプから煙を漉しながら、歯をたまに開いて短い命令を発し、枕の山をすばやく大きくしていった。余所者を見つけると、男はクヴァンティンの視線をパイプで受けた。

「夢を供給してたら、眠るなんてできません。働かなくちゃ。眠ってなんかいられませんよ。よく眠りつくされた枕――何百万という枕元に供されてきた、昔ながらの夢想生産の道具です。枕カバーにしまいこまれた羽毛をちょっとだけ触ってみればすぐわかる……。ほら……いかがです？」

前掛けでぬぐった手のひらを、ふくらみのひとつに押しあてた。するとすぐに――指の隙間から――色とりどりの軽やかな煙がゆっくり立ちのぼると、不鮮明でおぼつかない形を象《かたど》った。空いている方の手が前掛けの下につっこまれると、クヴァンティンの前で拡大鏡の透明な目がふくらんだ。

「この方がよく見えるでしょう」

拡大鏡ごしに目を細めたクヴァンティンには今、ありありと見てとることができた。手のひらで押さえつけられた枕から人々、木々、渦を巻く螺旋、身体、はためく洋服の姿がたちのぼっていた。どうやら、男の指に漉しだされて漂っている色鮮やかな気体は、互いに流入しあう無数の世界に向かって開かれた格子窓になったようだ。

職人は虫眼鏡をクヴァンティンから離した。

「こんな具合です。どんな羽毛がこのふくらみに詰まっていると思いますか？　無数の小さな翼性に分解された羽、綿羽の中で粉砕された飛翔です。枕に詰めて縫い合わせると、この小さな翼性は飛びたって逃れようとして、中で羽ばたきます。うまくはいきませんが、その霧状になった飛翔に脳がさらされるまで、念入りに枕をふくらませてくれるのです……それから……。人間の脳が枕に惹かれるのはごく自然なのです。枕と脳はいわば親戚なのですから。実際、頭のてっぺんのすぐ下にあるものはなんでしょう？　三枚の枕カバー（そちらの学者はそれを髄膜と呼んでいますね）に包まれた多孔性で羽毛状の灰白質じゃないですか。そう、眠っている人はみな頭の中で、自分で思っているよりも、いつも枕ひとつ余計に持っているんですよ。どうして卑下する必要がありましょう。出発！」

明らかに、最後の言葉は荷馬車に向かってのものだった。けだるげに輻《や》を動かした荷馬車は、眠りつくされた大量の枕をバネの振動で寝かしつつ動きだした。帽子のつばに手を触れクヴァンティンは車を追おうとしたが、緑の前掛けをした男に制された。

「少しだけ入ってみませんか。敷居に足をとられないように。ほら。では、私どもの最新モデル、究極誘眠剤《ソムニフェラ・ウルティマ》をお見せしましょう。カモフラージュタイプの枕なんですが」

男が紐を引くと、倉庫のしきりのひとつが降りて、中からぱんぱんに中身が詰まった書類鞄が、四つ角で互いの四角をぴょんぴょん飛びこえながら、黒い奔流となって溢れでた。

職人の腕が、はねる書類鞄の角をつかまえた。

「ほら、どうです。改良された無意識の想念ですよ。でも、もう持っているようですね——やっぱりうちのブランドだ。なんだそうか。数値、プロジェクト、図表、総括、展望まで詰めこんだこの革製の黒い枕カバーこそが、昔ながらの普通の寝室用枕と比較して大きな前進なんですよ。マットレスも、消灯も、そのほかもろもろも要りません。もう眠れずに頭を患わせたり、視界をまぶたで隠す必要はありません。これを肘の下に置いて寝入るだけで、垂直体勢を水平にせずに、目を開けたままで、日が明るいうちに、これ以上ないほどの深い眠りに入りこめるのです。自分が活動家で、支配者で、社会運動家で、新しいシステムの考案者だと夢みることができるのです——肘の下ではち切れんばかりにふくれあがった書類鞄が、夢から夢へと駆りたててくれます。すべてがふくれあがります。肝臓、野心、さらには脳もです。脳は押し広げられ、脳回はみな均《なら》されます。入念にふくらませた枕のように脳はなめらかになり、思考とは切り離されます。そうです、たしかに、この肘下式枕は試作第一号です。それ以上のものではありません。ですが、これがもたらす成果は今予言するのが難しくないものです。やすらかに人々を寝かしつける技術において、未来は書類鞄のものなのです！」

倉庫から出ると、通りの青白かった空気がいくぶん色を濃くし、うす暗くなってきたことにクヴァンティンは気づいた。あたりを見まわしてから、さらに進むことにした。小川が湖に注ぐように、せまい街路は速やかに、切りたった岸辺のように家屋に囲まれた円形の広場に注ぎこんでいった。クヴァンティンの視線は、芝生が盛りあがった広場の中央にすぐに釘づけになった。そこでは、噴水の透明な枝ぶりの下にケシが繁茂していた。そのぱっくり開いた、湿っぽく血色のいい唇からアヘンのかぐわしい香りが漂っていた。芝生の周りには、間隔を開けずに設置されたベンチがあり、うなだれた人影が肩を寄せ合っていた。顔を手のひらで覆い、肩に頭を沈みこませ、腕は垂れ、ケシの赤紫の花の口唇に向かって口を開けていた。

クヴァンティンは足どりをゆるめて近寄ってみた。刺激臭が鼻孔を貫いて脳に達した。ケシの真っ赤な斑点に引きよせられ、彼はもう一歩近づこうとしたが、誰かの手に肘をつかまれた。ケシと同じ赤い上着を着た男が、瞳孔が散大した目でとがめるような微笑を浮かべていた。

「部外者立入禁止です。出ていってください」

「よくわからなくて……」

「わかることも厳禁。夢は夢みる権利を奪われてはいない。そう思いませんか？　出ていってください」

だが、そのときそよ風がケシの茎を揺らし、花々の吐息がクヴァンティンの脳にかかってしまった。クヴァンティンはその場を離れる機会を失った。ケシの花粉は――一陣の風で――茎から透明な小雲となって離れて地表をすべりだした。風にとりまかれた雲はたちまち実体化し、輪郭で象られた。その下の縁が地面に触れると、驚いたことに細い裸足のくるぶしがはっきり見てとれた。くるぶしの上にひざと太ももの曲線が沸きおこりつつあった。そしてさらに、なにか形が整わない塊が、輪郭が縁どりされた女性の体のまわりで震えていた——だが、風の最後の一押しで吹きはらわれると、人影はなすがままになって前方に滑っていった。クヴァンティンは一瞬のきらめきも見落とすまいと、息を殺して後を追った。女性はふり向かず、崖ぞいを這う霧のようにゆっくりと、締めきられた扉が連なる街路を抜けていった。クヴァンティンは音をたてないように努めながら用心深く足どりを速めた。お互いの距離はすでにかなり近く、彼の吐息が彼女の肩に追いつこうとしたまさにその時、突然扉のひとつが騒々しく開いた。痛烈な隙間風が幻影の体をうち、彼女の形をほぐしてくしゃくしゃにしてしまった。消失の苦しみにのけぞった顔、大きく広げた両腕と、溶けた胸がかいま見えたが、それも刹那的なものにすぎなかった。クヴァンティンは助けに飛びこもうとしたが、すでに前方には空っぽの空気をのぞいてなにも残っていなかった。

幻像を殺した扉が手招きするかのように開けはなたれていた。クヴァンティンが頭をあげると、戸口の上に黒い字ではっきり書かれた表示板があった。

夜間講座・夜のヴィジョン

彼は中に入った。螺旋を描いて昇っていく階段には誰もいない。どこか壁の向こうから起伏のない、まれに間がはさまる声が聞こえていた。どうやら講義は始まっていた。階段は講堂に続いていた。そこはがらんとした、うす暗い空間だった。クヴァンティンは手すりに歩みよるとのぞきこんだ。背の高い厳かな演壇。その上で点灯するおぼろげな灯光の輪はクルックス管のゆるやかな放電を思わせた。光を浴びているのは、剝きだしの頭蓋で、乱反射する汗ばんだ皮にくるまれ、頭のてっぺんには瘤《こぶ》が泡のように沸きたっていた。周囲の何十という耳をそばだてた頭に演壇からのりだすようにして、その頭蓋は自分が発する言葉に合わせて粛然と揺れていた。

「そこで次のことが、われわれにも奴らにも明白になった。夢の帝国が攻勢に転じねばならぬ時がきたのだ。これまでわれわれは二つの薄明の狭間、ニューロンの切り離しの間、暗い隙間、『第三の人生』とでも言うべきものの中で生きることを余儀なくされてきた。奴らの太陽がわれわれに譲り渡したこの三分の一は、十二分に蔑まれてきた。とっくに枕と頭は場所を交替してもよかったのだ。何千年という永きにわたって、奴らの口に枕の上でいびきをかくことを許してきたのなら、今度は奴らの口を枕に押しつけ、その下であえがせてやる番だ。むろん、これはイメージ以上のものではない。しかし事の核心は、終わらせる時がきたと言うことだ。時がきた。何百万にもおよぶわれらが夜は、事実の軍隊に対抗して事実を襲撃し、敗走せしめるために十分な夢を蓄えた。作戦上の任務の概略はこうだ。『現実jav'《ヤーヴィ》』を『私ja《ヤー》』の中v《ヴ》に追い立て、その上で『私ja《ヤー》』からすべてのv《ヴ》を切り離すのだ。いわば、太陽から光をちょんぎってしまうのだ。もちろん、かつてデリラがサムソンにしたようにあらかじめ眠らせておかねばならないが。ああ、人々は夢がどんな脅威を秘めているのか夢にもわかるまい！」

「今までおこなわれてきたのは、敵陣深くまで達する偵察や、頭と枕元の小競り合い程度にすぎなかった。闇による一撃を与え、敵を転倒させてのしてしまうことには成功してきたが、一時的なことだった。夜明けごとにわれわれは何百万という散大した瞳孔の下にはまりこみ、夜へと後退を余儀なくされてきた。われわれの敵は強大だ――どうしてそのことを隠そうか――奴らは不眠症を創造的に用いる技術を熟知しており、目ざとく、進取の気性に富み、飲みこみが早い。奴らが寝ている人を襲う方法を会得したのはわれわれからではないのか？」

「だが、今や状況はわれわれの利するところに急速になりつつある。パスカルはすでに現実を夢の世界から切り離すことに成功していた。『現実とは』彼は断言した――『一貫性があるものだ。一方、夢はたよりなく変わりやすい。もし、人がいつも同じひとつの夢しかみず、いつも新しい人々と新しい環境の中で目覚めるならどうだろう。現実は夢に思え、夢はまさに現実の特徴を備えているように見えるだろう』これ以上、明確な定義はない……。だが同様に、みなに――奴らにもわれわれにも――はっきりしていることがある。パスカルの時代に比べて、現実は多くの安定性と不変性を失っている。近年の諸事件は、波が甲板を揺るがすがごとく現実を揺さぶっている。ほとんど毎日、朝刊は起きているものに新しい現実を与える、一方夢は……。われわれは今すでに、夢を一元化できたのではないか……。われわれは人類に、この上なく甘い、何百万という脳がみる友愛の夢、統一についての唯一の夢をもたらすことができたのではないか。ケシの花の色をした旗は群衆の頭上に翻っている。現実は防備を固めている。だが、天へとほとばしり出た地下《アンダーグラウンド》は、赤く燃える太陽を恐れはしない。眠りにつくものの目は、まぶたの盾に守られている。つまり、昨日はまだユートピアだったものが、今日は科学になったのだ。われわれは現実を打ち負かす。われわれは現状の体制《スタトゥス・クオ》を完膚無きまで粉砕する。諸君らは体勢を崩して逃げ去る現状を目の当たりにするだろう。もし、『私ja《ヤー》』がわれわれmy《ムイ》にはむかおうものなら、穴にv jamy《ヴヤームイ》、悪夢の井戸に脳天から投げ捨てよう。太陽を黒点でおおい隠し、全世界を身じろぎできないほど深い眠りに沈めよう。目覚めという観念そのものを眠らせ、もし目覚めが抵抗するなら、その目をくりぬこう」

　演説する人間の剝きだしの頭頂部は、寄ってきていた頭の方へ演壇からのりだしていた。

「夜が音もなく進軍し、われわれの敵の耳が枕に突っこまれたとき、私はひとつの秘密から封印をとく。聞くのだ諸君。断ち切りがたい夢の枷をはめられて、現実が盲目に、無力になるとき、現実がついに打ち倒されるときこそ、われわれは古来より秘された計画をなしとげる……」

　講師の声は明瞭さこそ失わなかったが、今やまるで弱音器の吹きこみ口から響いているようだった。クヴァンティンは向かってくる言葉に寄っていき、ホールの手すりに肘をついて上体を前傾させた。講師の言葉に引きこまれたせいで彼は書類鞄のことをすっかり忘れていた。ゆるんだ肘から解きはなたれた、ぱんぱんに書類が詰まった革製品は、突然肩の下からすべり出て、宙に弧を描くとランプの笠にぶつかり、張りだした演壇にあたってひっくり返りながら、ばたりと騒々しい音をたてて床に身を横たえた。灯りが壁面を走った。演説者の伸ばした腕は宙で凍りついた。額という額がみな、上を見あげた。

「斥候だ。スパイだ。つかまえろ」

クヴァンティンは一瞬たりとも無駄にできないのを悟った。筋肉が身体を収縮させた。螺旋を描いて落ちていく階段を両の踵でうちながら、彼は一直線に向かってくる声を聞いた。「出口をすべて閉めろ」――「聴講席を探せ」――「急げ」クヴァンティンは手すりをまたぎ、宙に飛びだしてしまう危険を承知で螺旋を滑りおり、近づく足音を出しぬくと表に飛びだした。百歩もいかないうちに十字路だ。クヴァンティンは進路を急に変更して、手近な低い門の下へと潜りこんだ。中庭――ふたたび門――多角形の中庭がもうひとつ――街路。幸運にも通り抜けることができた。クヴァンティンは足どりをゆるめたが、彼の呼吸だけがひっきりなしにハッハッと吸いこむ息の疾走を続けていた。用心深くあたりを見まわすと、町は青白い空気から夜の黒い作業着にあわてて着がえているところだった。路面に身をかがめた街灯の弧の下で、ガラス製の透明な糸巻きが回り、闇が半透明な黒い糸になってほどけていた。黒い光の糸は次第にすべての空間に満ちていき、かろうじてそれとわかる街灯の回転する胴体は、驚いてセピア色の墨を吐きだすコウイカに似ていた。罠から逃れた「斥候」にはおあつらえむきだ。突然、耳に飛びこんできたその言葉は、今、クヴァンティンには鍵がカチリという音のようにも、現実への合い言葉のようにも、あるいはもっとそれ以上の、ここ夢を輸出する街にはりめぐらされた蜘蛛の巣のような路地での、恐怖や迷走、危険のすべてを説明してくれるスローガンのようにも響いていた。「斥候 l-a-z-u-t-ch-i-k《ラズートチク》」と声にださずに調音してみた。すると、その音の中に笑みひとつが紛れこんでいるような気がした――ここ、悪夢の工場の息苦しい壁に囲まれてから、口元まで浮かびあがってきた最初の笑みだった。その九個の音は鼓動にへばりつき、脈うっていた。そう、斥候だ、斥候は奴らの企ての紆余曲折を徹底的に追求し、身の破滅をかけてでも、黒い百万の紐すべてを引きちぎって夜を巻きほどく呪わしい糸巻きを止めるだろう。「たしか、ドイツの博学の士だかが『昼の光に夜の闇の深さがわかるものか』と言ってたな。* あの方に、こう言ってさしあげたいな――昼にはわかるようになりますよ。棺《ひつぎ》の中に真っ逆さまに落ちていかなくても、われわれは夜の底まで測れるようになりますよね。ぼくが昼のスパイでなければ！」

そのとき突然、クヴァンティンの脳裏をよぎったのは――ここ、夜の無明の街で――陽光にあふれた昼の世界だった。風がそよぐ野原は、黄金の穂を生やした太陽に向かって鍍金された光を伸ばしている。荷馬車の輻のまわりに灰青色の埃が踊っている。広場で混じりあう屋根と服の色彩は、巨大なパレットさながらだ。ほほにさした赤み、揺れる人だかりの上に掲げられたスローガンの赤いのぼり。それから目、人の目だ、虹彩が輪になっている……太陽に向かって、目尻に寄った

---

* ニーチェの『ツァラトゥストラ』を意識した言葉。

しわから快活に細められている……こっちには……。クヴァンティンは喉まわりに痙攣の発作を感じて拳を握りしめた。

フクロウとコウモリを目覚めさせた暗闇が、動きのない夢の街をかき乱していた。さっきまで墓場を抜ける小道のようだった、死に絶えていた通りは、今や活気づく気配で満ちていた。ブラインドは引きあげられ、窓は黒い穴をさらしていた。その開けはなされた窓枠のどこか向こうで、濁り、腐った光がくすぶっていた。扉は飛びたとうとする夜の鳥の翼のように開けはなたれ、急ぐ人々のシルエットを通りに投げかけていた。

明らかに夜の喧噪の時間が近づいていた――幻の調達係、悪夢製造係、幻像の発送係たちが職場に急いでいた。その無言の、背を丸めたシルエットが、門の隙間に潜りこんだり、地下に潜りこんでいる階段を降りて地下室に消えたりした。門のひとつは開いたままになっていた。その門扉から出入りするものはいなかった。クヴァンティンは門番がいないかたしかめると頭を突っこんでみた。長く伸びた中庭にそって、井戸の丸穴が列になって伸びていた。その開口部は円錐状の重々しい防壁によって塞がれており、遠目には巨大なインク瓶の蓋を思い起こさせたことだろう。井戸のうちひとつのまわりでは、地面にかがみこんだり、起きあがって体を伸ばしたりする人影が蠢いていた。彼らの肩に押されて円錐はゆっくりと回転し、悪夢の井戸のふさがれた喉を用心深く解放していった。あと一回転で……そのとき背後に足音が聞こえた。クヴァンティンは急いで通りの反対側にわたると、なるべく陰になった場所を探しながら歩みを続けた。なかば地下室に埋もれるようにはめこまれた窓のそばを通りがかった。そこはほかよりも明るい灯がともっていた。窓格子から、地面に押しつぶされたかのような、かそけき調べが聞こえてきた。体をのりだしてのぞきこむと、窓辺から歩道にひたひたと這いだしている、なにかの植物が描いている螺旋と、空気に長めの針目でメロディーを縫いつけている楽器の弦がちらちら見えた。彼は出だしの運弓だけですぐ思いだした――それは、横町の側肋《リブ》で失われ発見された、宙を伝う電線の歌だった。

死ぬことは眠ること――つまりは「詩人に権力を」

クヴァンティンは壁に肩をもたせかけて聴きいった。彼には自分が感じているものがなんなのかわからなかった――哀切か、ただの疲労か。突然、垂らした手のひらになにかがそっと触れてきた。手を離した。すると、ふたたびかすかな触感が。クヴァンティンは窓をのぞきこんだ。こちらの手に、和毛《にこげ》の生えたつるを伸ばしていたツタの螺旋は、おずおずとひかえめに喚起していた――言葉なしに、言葉なしに、言葉なしに。

クヴァンティンは通りを見わたした。遠方に巨大なアーチがかかっていた。彼はそれを目指して進んでいった。

梁のアーチの向こうに輝く灯の鎖の行進と、抑えめだが、息の長い警笛が先触れだった。駅だ。クヴァンティンは注意を引き締めた。ようやく着いた。今、彼は夢を搬送する貨物用タラップを目にしようとしている。悪夢の積みこみに、夜で梱包したイメージの輸送——眼前に幻像を輸出するために必要な技術のすべてがあるのだ。

少したつと、アーチのきゃしゃな骨組みが頭上にただよい、少し前傾した床は鏡のような照りかえしを見せるようになっていた。そこに交差する大梁、やたらと周囲を動きまわる肘と背中の空騒ぎ、星々の青白い点が写りこんでいた。足を滑らさないように、引きこもうとする勾配の力にあらがいながら、クヴァンティンはおっかなびっくり踏みだしていった。突然、前方に伸ばした手がなにかにぶつかった……空気だ。そう、空気だ。姿形すらさだまらない虚無のくせに、押しても押しかえし、前進を許さなかった。

「気をつけて」灰色の作業服を着た男の手が、クヴァンティンの手に重ねられた。「ちょっと。おれたちの人生の目的をぜんぶだめにするつもりなのかい。すべての点で最高品質が目的の商品なんだ。ラベル《エチケット》は倫理《エチカ》なんだ。それを、砂袋のように蹴っ飛ばすなんて」

「そうだ」背後の声は同意した。「通むけの商品だ。みなが目的に適うだけの金があるわけじゃない」

厳格な、力強い手に制されて、クヴァンティンは圧縮された空虚の包みをよけて歩いた。手がかりを探しだそうとした目が、陰気な低い戸口の上に貼りだされた文字に釘づけになった。

もろもろの出来事から、クヴァンティンには察しがついた。夢はおとぎ話の盗賊団のように目と入れ違いになるようにして見えずに額の下にこっそりもぐりこむ——そしてそこでだけ、頭蓋骨の裏側でだけ安全に、脳の上で体を伸ばして、不可視性を脱ぎ捨てることができるのだ。

実際、駅の梁の巨大なアーチの下では、つっぱった肘やいからせた肩、丸まった背中の列以外にはなにも見えなかった——みな、空気に押されながらも、空気を空気にねじこもうとしている。このあまりに奇妙な光景のせいで、思考が駅のライトから劇場のフットライトにそれた——だが視線を下に向けたクヴァンティンは、悲鳴をこらえるのが難しかった。床のなめらかな鏡面が、何万という、この世のものとは思えないほど奇妙な影、反射、火花の弾幕をクヴァンティンの瞳に浴びせかけてきたからだ。明らかに、「不可視化オフィス」は、商品を見えなくするよう、反射する性質を持った光学的な梱包のようなものを商品にほどこしていた。クヴァンティンはあたりをとりまく極彩色の奔流から目をそらそうと、驚きを押し殺してさらに下方を凝視する必要に迫られた。最初、かろうじてわかる程度だったガラスの傾斜——足を急がせる銀のスロープ——は、どんどん急になっていた。雪の斜面を滑るスキーさながら、足の裏は並足から疾走に、疾走から滑走になっていった。つかまるものはなにもない。下には——反射の奔流があり、周囲には空気と夢しかない。もはや作業服もほとんど目に入ってこない。極彩色の濁流は加速していった。知らぬ間にクヴァンティンは駅から出てしまっていた。空っぽの空間に目を凝らして、やっとのことで前方に人影を見つけた。その人影はこちらに向かって、ときおり両手をつき、苦しげに左足を引きずりながら、勾配を登ってくる。クヴァンティンは上から飛びかかって、健康なほうの足をほとんどたたき落とさんばかりにして、びっこの男の肩をつかんだ。

「ああ、お前など太陽でも見やがれ！」男は悪態をついて、驚きがにじんだ、作業服と同じ灰色の顔をあげた。「右の吸盤が地獄に落っこちたぞ！　おまけにお前が来るなんて。太陽で目がやられちまえばいい。はなすんだ」

　肘での一撃をくらったものの、クヴァンティンは労働者のだらりと垂れさがった足をなんとかつかまえた。そして彼は見た。灰色の作業服を着た男の右くるぶしの下、足の裏全体が釣り鐘状にふくれあがって中空になっている。まるで、ばねじかけのピストルが撃ちだすゴムの矢じりのようだ。斜面に空虚な、真空の吸盤でへばりついた足首一本が、恐怖で結びつけられた二つの体をかろうじて支えていた。

「はなせ」労働者はふりほどこうと力をこめた。だが、クヴァンティンの指は垂れさがった足をはいあがろうとしていた。クヴァンティンは灰色の作業着の端をなんとかつかんでいたのだが、眉間に一撃が振りおろされた。指は開き、身体は落下した。

　もはや希望は断たれた。クヴァンティンは加速しながら滑り落ちていった。彼の下では――鏡のような斜面を――極彩色の反射の群れが飛びさっていった。あまりの速度に、もはや鏡像の形を見わけられないほどだった。目もくらむ残像の渦は彼もろとも虚無へと崩れ落ちていった。彼は叫び声をあげたかったが、猛烈な速度で押し寄せてくる向かい風で口は塞がれていた。何度か、彼は赤熱する銀の勾配に写りこんだ、ばらばらになって飛びさっていく自分の影を認めたが、それも刹那的なものでしかなかった。なにか目に見えない包みが、頭頂部にぶつかった。落ちていく、落ちていく。突如、前方に――銀の瀑布をさえぎる、堤防のようにどっしりした石塊とでもいうべき壁が、滝壺に落ちた無力な木っ端のように疾走する彼の体に向かって、すばやく接近してきた。一瞬、彼は石にたたき割られた頭と飛び散る脳髄を想像した。壁が縦横に広がり、衝突へと音もなく迫ってきた。見ないほうがましだ。まぶたをぎゅっと閉じて……。だが、ナイフの刃のように鋭く、光を放つものが、かたい蓋の下に差しこまれるようにしてまぶたをこじ開けてきた。彼は根負けしてまぶたを引き離した――すると目もくらむばかりの陽光が瞳に飛びこんできた。

まさに目前一メートルのところに車両の黄色い壁面があり、頭上には金具で補強された棚があった。クヴァンティンは頭を座席からおこして、目を細め、あたりを見まわした。列車は停止していた。通路には――荷物に押しつぶされたポーターの背中があり、埃臭い窓の外には――モスクワ駅の見慣れたガラスの天蓋があった。片手を座席について体をおこし、クヴァンティンは一日に参加するのをためらっていた。

時間だ。彼は座席から両脚をおろし、手を書類鞄に伸ばした。あれ！　手のひらは床木にあたっただけだった――書類鞄は枕元にも、壁際にもなかった。同時に、記憶によぎったのは――薄暗い聴講席、青白い灯り、はげ頭の男が伸ばした腕――それに向かって落下していく黒くて四角い書類鞄。あとは——回転木馬がまた一回転——さらにもう一回、もう一回——回りきった夜のイメージ。

「持ちましょうか?」

クヴァンティンは身震いして、顔を上げた。前掛けと記章の上に、そばかすと汗つぶにまみれた陽気な顔があった。

「ほら、書類鞄が逃げだしてますよ。あそこまで吹っ飛んだんでしょう」——ポーターはかがみこむと、ベンチの脚の奥に隠れていた書類鞄を引っぱりだして、前掛けで埃をぬぐった。「もっと重いものはありませんか? 持ちましょう」

「ありがとう」クヴァンティンは呟いた。「自分で持つよ」彼は膝に書類鞄をのせたまましばらく座っていた。ポーターの後ろ姿は架板の仕切りの向こうに隠れてしまった。客車はからっぽになっていった。外では、動かない列車の車輪から車輪へと飛び跳ねながら、ハンマーがこつこつやさしく叩いてまわる音がさまよっていた。クヴァンティンは片手を鞄におろしてそっと押してみた——指の隙間から空気が漏れた。それだけだった。彼はおもむろに立ちあがるとドアに向かった。列車のタラップから、つぶれた角でだるそうに転がりながら、ロープでくくられた鈍重な遅延貨物がゆっくり這いだしてきた。「とにかく、」クヴァンティンは思った。「明るいカードを黒いカードに、昼を夜に変える唯一の技術的な可能性は——迅速にやることだ、『瞬く間』よりも早い瞬間に」

一九二七－一九二八年

嚙めない肘

上田洋子　訳

もしも「週刊時評」がなかったら、この物語も糊のきいたカフスとジャケットの袖の中に隠されたままだったかもしれない。「週刊時評」は「あなたの好きな作家、あなたの一週間の平均収入、あなたの人生の目的」というアンケートを、ある号とともに購読者に送った。データ集計の際に多数の回答の中から発見された一一一一一番のアンケート用紙は（「時評」は莫大な発行部数を誇っていた）、印刷工たちの指から指へと遍歴し、ついにふさわしいファイルを見つけることがなかった。一一一一一番の回答用紙の「平均収入」の欄には「0」、また「あなたの人生の目的」の欄には読みやすい丸い文字で「自分の肘を嚙むこと」の書き込みがあった。

この回答用紙は責任者に送られ、照会された。責任者からは丸い黒縁眼鏡の編集者に差し向けられた。編集者が呼び鈴のボタンを押すと文書使が走って来て、そして走り去った、――一分後には四つ折りにされたアンケート用紙が取材記者のポケットに突っ込まれていて、口頭で次のような指示が補足された。

「彼とは軽い冗談の調子で話して、意味をしっかり嚙み砕いてくるように。これはなんなのか、象徴かロマン主義的アイロニーか？　まあ、臨機応変に、わかりますよね……」

取材記者は理解を表明し、即刻、回答用紙の下の端に記入されている住所へと向かった。

路面電車は取材記者を街はずれの終着駅まで乗せていった。それから狭い階段のジグザグに延々と導かれて、彼は屋根のすぐ下までやって来た。ついにドアを叩いて返事を待った。返事はなかった。再度のノック、再度の待機――記者は手のひらでとびらを押した――とびらは押されるがままに開き、目に映ったものは、貧しい部屋、南京虫にやられた壁、机と木の寝床、机の上にははずしたカフス、寝床の上には男がいて、腕はむき出しで、肘の関節のそばに口をあてている。

自分のことに没頭している男は、ドアのノックも足音もあきらかに聞こえていなかったようで、入って来た人の大きな声にやっと頭を上げた。このとき記者は、一一一一番の腕の、こちらに突き出された尖った肘から二、三インチのところに、複数の引っ掻き傷と嚙み跡があるのを見た。血を見るのが苦手なインタビュアーは、目を背け、質問した。

「あなたはどうやら本気のようですね、つまり、わたしが言いたいのは、象徴性などはないのですね？」

「ない」

「ロマン主義的アイロニーも、どうやらここでは無関係らしい……」

「時代錯誤」と肘嚙み男はつぶやいて、ふたたび引っ掻いた跡と傷口に口を押しあてた。

「やめてください、ああ、やめてください」と、インタビュアーは目をふさいで叫んだ。「ぼくが帰ったらどうぞご自由に、でも、いましばらくはその口をちょっとした情報のために提供してくれませんか？　で、もう長いのですか？　そんなふうに……」、そしてメモ帳を鉛筆がさらさらと走り出した。

取材を終えて、記者はドアの向こうへ足を踏み出したが、すぐさま戻って来た。

「ねえ、肘を嚙むのはいいですが、それは不可能なことじゃありませんか。だれも成功したためしがない、だれもがかならず破綻した。そのことは考えなかったんですか？ あなたは奇妙な人だ」

返事は、しかめた眉の下のふたつの濁った目と、ひとこと、

“El possibile esta para los toutos”［これはだれにでも可能なことだ］*

いったん閉じられたメモ帳が少し開いて、

「すみません、ぼくは言語の専門家じゃない。できれば……」

しかし一一一一一番は見るからに自分の肘が恋しくなって、嚙み跡だらけの腕に口をぴったり押しあてたので、インタビュアーは目を背け、身体も背けて階段のジグザグを駆け降り、車を呼びとめ、編集部へと一目散に駆け戻った。「週刊時評」の次の号には“El possibile esta para los toutos”と題された小記事が登場した。

記事には軽い冗談の調子で単純素朴な変人のことが語られていた。その単純さはなんとかと紙一重……と、ここで「時評」は沈黙の修辞をもちい、最後は忘れられたポルトガルの哲学者の教訓的格言で締めくくっていたが、それは現実主義的で醒めた現代にはありえない、実現不可能なことを

---

* 不正確なスペイン語。

追い求める根無し草の夢想家や狂信者ら、社会のあらゆる危険分子を正気に返らせ、おとなしくさせるはずのものだった。表題にも示されている神秘的なこの格言には、短く“sapienti sat”〔賢い人には十分だ〕*と補われていた。

「週刊時報」の読者には事件に興味を持った人がいて、二、三の雑誌がこの椿事を転載した――そしてまもなくすべては記憶と新聞のアーカイヴの中で見失われてしまうはずだった、もしも「週刊時評」の論敵のぶ厚い雑誌「月刊時評」がなかったならばの話だ。この機関誌の次の号には「墓穴を掘った」という小記事が現れた。だれかのとげとげしいペンが「週刊時評」を引用し、ポルトガル語の格言というのはじつはスペイン語のことわざで、その意味は「馬鹿にも手が届くもの」であることを解き明かしていった。月刊誌がそこにつけ加えたのは“et insapienti sat”〔賢くない人にも十分だ〕のみで、短い“sat”には括弧に押し挟まれた（sic）〔まさに〕が補足されていた。

このあとでは、「週刊時評」はすぐ次の号に長々しい記事を掲載し、ひとつの“sat.”で別の“sat.”を打ち消しつつ、アイロニーというのはだれにでも理解できるものではないと説明するよりほかなかった。憐憫に値するのは、無論、到達し得ないことを志向する単純素朴な激情でも（あらゆる天才的なものは単純素朴なのだから）、自分の肘の熱狂的愛好者でもなく、自分のペンを売る者、「月刊時評」の色眼鏡をかけた存在、文字しか相手にしていないせいですべてを文字通りに捉えてしまう人である、と。

「月刊」が「週刊」に借りを作ったままでいられなかったのはもちろんである。だが「週刊」も敵に最後の言葉を譲り渡すわけにはいかなかった。白熱する論争の中で、肘狂は白痴になったり天才になったり、癲狂院の空いたベッドとアカデミーの第四〇番目の椅子に、候補として交互に推挙されたりした。

結果として、一一一一一番と彼の肘との関係は、ふたつの時評の数十万人の読者たちの知るところとなったが、この論争が広く一般の読者層に大きな関心を引き起こすようなことは特になかった。おまけにこの頃発生した別の出来事が注目をさらってしまった。二度の地震と一度のチェスの大会だ。毎日、いささか間の抜けた顔の二人の若者が六四のマス目に対峙した。一人は肉屋の顔、もう一人は流行服店の売り子の顔。そしてこの若者たちとマス目が、どうしたわけだか知的な興味、関心、期待の的となっていた。このとき一一一一一番は自分のアパートの、いうなればチェス盤の一マスにも似た小さな部屋で、歯に肘を近づけ、しびれたように動かなくなって、生きていないチェスの駒のごとく、進められるのを待っていた。

肘嚙み男に最初に現実的な提案をしたのは街はずれのサーカス団長だったが、彼はプログラムのリニューアルと充実を画策しているところだった。団長は商才にたけた人で、たまたま彼の目に入った「時評」のバックナンバーが、肘嚙み男のその後の運命を決めることになった。哀れな男

＊　ラテン語の Dictum sapienti sat est.（賢者には一言で十分だ）という言い回しにかけている。

は社会参加に対してすぐには首を縦に振らなかった。だがサーカス団長が、これは肘をも供給源とする唯一の方法で、生活の糧を得たならば、きみはメソッドを開発し、技能を磨き上げていけるようになるだろうと説得を始めると、この陰気な変人は「うん」と聞こえなくもないような音を発した。

ポスターに謳われていたサーカスの出し物は「肘対人。噛むや噛まざるや？ 二分間三ラウンド。レフェリー・ベルクス」で、大蛇と女、ローマの拳闘士、天井からの飛び降りの後の、フィナーレの演目だった。演出はこうだ。オーケストラがマーチを演奏し、肘をむき出しにした男がアリーナに登場。頬は赤く塗って、肘の骨のまわりの傷跡は丹念におしろいをはたき、白くしてある。オーケストラがやみ、対戦開始。歯は皮膚に噛みついて、肘に近寄っていく、一センチ一センチ、どんどん近くなる。

「まさか、噛めるわけがない！」

「見て見て、噛んだんじゃないか」

「いや、肘は近いが、やはり……」

いっぽう、チャンピオンの首は血管をぴんと張って長く伸び、肘を食い入るように見つめる目は充血し、血が噛み傷から砂にぽたぽたと垂れ、そして群衆は次第に猛り狂って、席から立ち上がり、双眼鏡の焦点を肘噛み男に合わせ、地団駄を踏み、柵から身を乗り出して、野次を飛ばし、口笛を吹き、叫んだ。

「歯でつかみかかれ！」

「もうちょっとだ、肘にかじりつけ！」

「頑張れ肘、負けるな肘！！！」

「そうじゃないよ！　インチキ！」

対戦が終わると、レフェリーは肘の勝利を宣言した。そしてレフェリーも、興行師も、散っていく観客たちも、肘をむき出しにした男にとってのサーカスのアリーナがまもなく世界に轟《とどろ》く名声の舞台に取って代わられ、直径二〇メートルの円形の砂地に代わって、何千露里も半径を放射状に拡大した地球の黄道面がその足下に横たわることになろうとは、想像だにしなかった。

それはこんな風にはじまった。流行《はやり》の講師ユストゥス・キントは、年配だが裕福な婦人たちの耳伝いに名声までたどり着いた人物だが、ある祝賀会のあと、たまたま、盛り上がった気分のままに、知人らに連れられてサーカスにやってきた。キントはプロの哲学者だったので、一目《ひとめ》で肘嚙み男の形而上学的な意味を捉えた。すぐ翌朝に、彼は論考「嚙みつき不可能性の諸原則」に取りかかった。

キントはこれより数年前に、すでに色あせていたスローガン「カントに帰れ」*に代わって、ます

＊　ドイツの哲学者リープマンが『カントとその亜流』（一八六五）において用いた表現で、一九世紀後半から二〇世紀前半に、ドイツを中心にヨーロッパ哲学の主流のひとつであった新カント学派の標語となった。

ます多くの人々に使われることになった新しいスローガン「キントに進め」をもたらしていたのだが、洗練された肩の凝らない調子で、装飾文字のような彩のある文章を書いた（ある講義で、拍手喝采の嵐の中、「人々に世界を語る哲学者たちには世界は見えているのに、その世界の中の、哲学者からほんの五歩ほどのところにいる聴衆がひたすら退屈しているのは見えていない」と述べたのは、意図あってのことなのだ）。「人対肘」の闘いを鮮やかに描写しつつ、キントは事実を一般化し、それを実体化して、このサーカスの出し物を行為における形而上学と名づけた。

この哲学者の思考がどんな風に進んでいったかというと――あらゆる概念（偉大なドイツの形而上学者たちの言葉では“Begriff”）は、語彙においても論理的にも“greifen”に由来するが、これは「捉える、引っかけてつかむ、噛みつく」を意味している。だがあらゆるBegriff、要するにあらゆる徹底的に考え抜かれた論理主義はGrenzbegriffになる。これはすなわち、いわゆる「限界概念」で、理解をすり抜けてしまって、認識によって捉えることができないのは、肘を歯で捉えられないのと同様だ。「さらに」と、論文は噛みつき不可能性の諸原則について思考を巡らせていた――「噛みつき不可能なものを外面に客体化すると、われわれは超越的なもののイデアに近づく。このことはカントも理解していたが、彼は超越が同時に内在［immanent］でもあることを理解していなかった（“manus”とは「手」であるから、したがって「肘」でもある）。内在＝超越は常に「ここ」にあり、理解可能なものにきわめて近く、統覚器官にほぼ含まれているが、それは自分の肘が、それを顎でとらえようとする努力にほぼ到達可能なのと同様だ、しかし「肘は近いが噛めない」し、「物自体」も、それぞれの「自体」の中にあるとはいえ、やはり到達不可能だ。ここには超えることのできないほぼがある」。そしてキントはこんなふうに論考を終えた――「この〈ほぼ〉が、自分の肘を噛もうと躍起になっている見世物小屋の男にあたかも具現化されているかのようだ。残念ながら、何度対戦しようと、勝利は宿命的に肘のものとなる。人は負け、超越が勝ち誇る。見世物小屋によって荒々しくも鮮やかにモデル化された永遠の認識論の劇が、無学な群衆の歓声と怒号を浴びながら、幾度も幾度も繰り返される。皆、見に行きたまえ、悲劇の見世物に急ぎたまえ、もっとも注目に値する現象を観照したまえ。ひとにぎりの硬貨で、人類の選ばれた人々が一生を捧げたものを見ることができるのだ」

キントの黒い小さな文字は、サーカスのポスターの巨大な赤い活字よりも効力があった。群衆は形而上学の珍品を安値で買おうと殺到した。肘噛み男の出し物は街はずれの見世物小屋から街の中心の劇場へと場所を移さねばならなくなった。その次には大学の講堂で一一一一番の実演が見られるようになった。キント主義者たちはすぐさま師の思想を注釈したり、あちこちで引用したりしだした。キントは自分の論考を『肘主義　前提と結論』という題の一冊の本にした。初版から一年の間に、この本は四三版まで増刷された。

肘主義者の数は日に日に増していった。ただし、懐疑主義者や反肘主義者もいた。どこかの年老いた教授が肘主義運動の非社会性を証明しようとしたが、彼の考えでは、肘主義は古いシュティルナー主義*を復活させ、論理的に独我論へ、すなわち哲学の袋小路へと導くものなのだった。

この運動にはもっと深刻な反対者たちもいた。トンキという或る評論家は、肘主義の諸問題に関するシンポジウムで、「もしもかの有名な肘噛み男がついに自分の肘を噛んでのけるとしたら、実際にはなにが起こるだろうか？」と問うた。

だが登壇者は最後まで発言させてもらえないまま、非難の口笛を浴び、演壇から降ろされた。この不幸な人物はそれ以上発言を試みることはなかった。

模倣や嫉妬をする者たちが現れたのはもちろんである。ある野心家が、自分は何月何日に肘を噛むことに成功したと新聞に声明を出した。すぐさま監査委員会が結成され、野心家は摘発されて、軽蔑と憤慨の的となり、まもなく自殺してしまった。

この事件は一一一一番をますます有名にした。肘噛み男の実演が行われた各大学の学生、特に女子学生たちは、集団で彼の後を追っかけた。ガゼルのような悲しげでおどおどした目の魅力的な娘が、この鬼才との面会を取りつけ、半分むき出しにしたみずからの腕を献身的に差し出した。

「どうしてもそうしなければならないのなら、どうぞ私のを噛んでください。その方が簡単じゃありませんか」

だが、彼女の目はふたつの濁った、眉の下に隠れようとする斑点にぶつかった。彼女が耳にした答えは、

「他人の肘には口を開けるな」

そして陰気な肘狂は顔を背け、謁見の終了を悟らせた。

一一一一番の流行は日増しどころか分刻みで高まっていった。ある機知に富んでいるという触れ込みの人が一一一一という数字を解釈して、この番号で示される人は「五倍に唯一である」と言った。紳士服の店では「肘ジャン」という型のジャケットが発売されたが、これは開閉式の肘当てがついていて（ボタン式）、服を脱がずとも、いつでも好きなときに自分の肘の捕獲に興じることができるようになっていた。多くの人が酒もタバコもやめて、肘中毒になった。女性には首の詰まった、長袖で肘が出るように丸く穴のあいたワンピースが流行し、肘骨のまわりにはきれいな赤いシールを貼って、新鮮な噛み跡と引っ掻き傷のラインのメイクを施すのだった。古代のソロモン神殿の真の大きさに関する論文を四〇年間書き続けて来た筋金入りのヘブライ学者は、これまでの自説を放棄し、六〇肘《アンマ》**の奥行きについて語る聖書の詩句は、帳《とばり》の向こうに隠されたものの六〇倍

＊　マックス・シュティルナー（Max Stirner, 1806-1856）は、ドイツの哲学者。封建的なドイツ思想に対抗する唯物論的ヘーゲル左派の代表的論客のひとり。一八四八年の『唯一者とその所有』で展開された理念はアナーキズムの源流とされている。ヘーゲル左派の思想はマルクス主義へと受け継がれた。

＊＊　たとえば『列王記上』第六章に、ソロモン王が建設した神殿の奥行きが六〇アンマであることが言及されている（新共同訳、旧六一九頁）。「アンマ」はヘブライ語で前腕の意。ラテン語の「キュビット」にあたる。

の理解不可能性の象徴として解釈すべきであると認めた。ある国会議員は人気を狙って、メートル法を廃止し、古代の単位「肘」を復活させる法案を提出した。法案は採択されなかったが、その検討中に新聞雑誌が喧々囂々《けんけんごうごう》となり、国会は大荒れしたうえに、二度の決闘があった。

肘主義は一般大衆の心をとらえ、当然ながら俗化して、ユストゥス・キントがそこに与えようと努めたあの端正な哲学的輪郭を失った。大衆各紙が肘の教えを再解釈して人口に膾炙《かいしゃ》させたのは、「自分の肘で道を切り拓け」「自分の肘だけを信じ、他になにも信じるな」という具合だった。

そしてまもなくこの新しい潮流が、気まぐれに流れを歪曲させながら、あまりにも勢いを増し、規模を拡大したため、一一一一番を多くの国民のうちの一人とする国家が、彼を財政のために利用するのは自然の流れであった。機会はまもなく訪れた。じつは、いくつかのスポーツ団体が、肘に対する関心が生じたのとほぼ同時期に、肘嚙み男の歯から肘を隔てるセンチメートルとミリメートルの変動レポートを定期刊行物に公表するようになっていた。政府系新聞はこのレポートをうしろから二面目、繋駕《けいか》競馬とサッカーの試合の結果と証券取引所の値動きの間に掲載することからはじめた。しばらくしてこの新聞に有名なアカデミー会員で新ラマルク主義*の信奉者の論文が掲載されたが、そこでは生物体の器官は訓練によって進化するという命題から出発して、肘の理論的な嚙みつき可能性に関する結論に至っていた。この権威が書いているところによると、首の横筋の筋肉物質を常に伸ばし、前膊の屈伸運動を系統立てて行うならば、などなど……だが、アカデミー会員に対しては、論駁をけっして許さぬユストゥス・キントが、嚙みつき不可能性への攻撃をはねのけ、猛烈な反撃に出た。スペンサーの、死後のカントとの論争[**]を多くの点で踏襲する論争がはじまった。機は熟した。銀行の信託会社《トラスト》が（閣僚や国内最大級の資本家たちがこの会社の株主に名を連ねていることは万人の知るところだった）毎週日曜更新の大規模なスピードくじ、ヒジカメ（「肘を噛め」）をチラシで告知した。信託会社はくじ券を持つすべての人に、肘が肘噛み男に噛まれたら即座に、くじ一枚につき（**一枚**につき！！！）一一一一通貨単位を払い戻すと約束していた。

ジャズの音と、あらゆるスペクトルの色が溢れて混ざりあう華やかな照明のもと、スピードくじが発売された。「幸せの輪」が回転しはじめた。売り子の女性たちが買い手を歓迎する微笑みに見せる白い歯、それにくじ券がいっぱいに入ったガラスの多面体に潜る、赤いスポットライトにとらえられた裸の肘たちが、正午から真夜中まで働き続けた。

＊　フランスの自然学者ラマルクが一八世紀末から一九世紀初頭に唱えた進化説を発展させ、獲得形質の遺伝を認め、ダーウィンの自然淘汰に反対する二〇世紀の学説。

＊＊　一九世紀イギリスの哲学者スペンサーの、社会有機体論に基づく進化思想における、カントの合目的性による自然理解との関係をさすのであろう。スペンサーはダーウィンに先立って進化論を唱え、有機的世界を越え、精神・文化的世界、さらには無機的世界をも含むあらゆる領域にそれを適用させた。

はじめ、くじ券の売れ行きは思わしくなかった。嚙みつき不可能性の観念があまりにも強く人々の脳にこびりついていたのだ。古老のラマルク主義者はキントのもとへ赴いたが、キントは露骨に抗《あらが》ってみせた。

「神ですらも」と、彼はある政治集会で宣言した。「2×2が4でないとか、人間が自分の肘を嚙めるとか、思考が限界概念の限界を超えられるとかいうようにはできない」

嚙める派と呼ばれた、くじの発売を支持しようと努めた人々の数は、嚙めない派と比較すると圧倒的に少なく、おまけに日々減少していった。くじ付き債券は暴落し、ほぼゼロに近いまでに価値を失った。無鉄砲な財務政策の黒幕の名の公表、内閣の解散、相場の調整を求めるキントと彼の支持者たちの声はますます高まっていった。だがある夜、キントのアパートで家宅捜索が行われた。机の引き出しの中から、信託会社のくじ券の束が見つかった。嚙めない派のリーダーの逮捕命令はすぐさま取り消され、事実が公表されて、この日の夕方には相場の値動きが上を向いた。

雪崩《なだれ》の動きは、ときにこんな風にはじまるという。山の頂にとまったワタリガラスが雪に翼をぶつける、雪玉が滑り落ちていき、雪塊に雪塊を付着させてどんどん大きくなって、根茎のようにころころ転がり落ちる。その後を石や崩れた雪が追い、それが塊から塊へと連鎖して、――そして雪崩は山に爪跡を残して前進し、あらゆるものを呑み込んで、押しつぶしてしまう。まさにそういう状況だった。ワタリガラスははじめ片方の翼をぶつけ、それがもたらした結果に曲がった背中を向けて、瞬膜で目を閉じて眠ってしまった。あまりにもひどい轟音をたてた雪崩がこの鳥を目覚めさせた。ワタリガラスは目の膜を開け、背筋を伸ばした拍子にもう一方の翼をぶつけた。噛めない派に噛める派が取って代わり、出来事の流れは河口から源泉へと逆行した。もはや肘ジャンは古着屋でしか見ることができなかった。いっぽう、増えていくくじ券が一人一人に一一一一番のことを思い出させた。今では彼は投資の生きた保証となって、観察と確認が出来るよう、一般に公開されていた。何千人もの行列が、昼も夜も自分の肘と格闘する一一一一番のガラスの檻のそばを通り抜けた。これは期待感を高め、申し込みを増加させた。政府系新聞の変動レポートは、三面から一面の大きな活字に引っ越し、ときに一、二ミリメートルを減らしたが、すると即座に何万ものくじ券があらたに買い手を見つけるのだった。

肘噛み男の目標は、不可能なことの到達可能性という信念をあらゆる人にすっかり感染させ、噛める派の人数を拡大させて、証券取引所の財務バランスを揺るがした瞬間すらあった。ある日、肘と口の間のミリメートルがあまりにも小さくなって（これはもちろん、くじ券の新たな需要を生んだ）、政府の秘密協議会内でも不安が生じた。もしも起こるはずのないことが起こり、肘が噛まれたあかつきにはどうなる？　財務大臣の説明によると、一に対して一一一一という計算では、大量のくじ券の持ち主の十分の一を満足させただけで、国家の基金はすっかりずたずたになってしまう。信託会社の社長は「もしもそれが起こったら、噛まれた肘はわれわれにとって喉を噛まれたにも等しくなる。革命は不可避だ。だが、自然の法則が奇跡に場を譲らない限り、そんなことは起こらない。落ち着こう」と結論した。

そして実際、翌日にはもうミリメートルが大きくなりはじめた。あたかも肘噛み男が勝ち誇る肘から歯であとずさりしていくかのようだった。それから予期せぬことが起こった。肘噛み男の口が、あたかも血を吸いすぎた蛭《ひる》のように、突如血だらけの皮膚から離れ落ち、ガラスの檻の中の男は丸一週間、濁った目を地面にじっと注いで、闘いを再開しなかったのだ。

行列を檻のところへ通す金属の回転ゲートがどんどん早く回転して、何千という心配そうな目が脱鬼才化した鬼才のそばを泳いで、低い不平のつぶやきと不安が日に日に増していった。信託会社の有価証券の販売は停滞した。政府は事態の悪化を予測して警官隊を一〇倍に増やし、信託会社の方は契約上のメリットを大きくした。

一一一一一番に対して特別に配備された監視員たちは、自分の肘で彼をけしかけようとした（調教師に逆らう獣を、鉄の杭でせき立てるようなあんばいだ）、だがあちらは低い唸り声をたて、それがもう飽き飽きしてしまった食べ物ででもあるかのように、陰気な様子で顔を背けるのだった。ガラスの檻の中の男が動かなくなればなるほど、檻のまわりの動きはどんどん激しくなっていった。もしも次のことが起こらなかったら、どんなことになっていたか――夜明け前のあるとき、警備員と監視員が肘と人をけしかけるのをあきらめて、一一一一一番から目を離すと、一一一一一番は突然不動の状態をやめて、敵にかかっていった。どうやら、濁った目の向こうではずっと、新しい戦術に到るための、なにか思考めいたものが行われていたようだ。今回は、肘噛み男は肘の後方に回り、相手にまっすぐ突き進んだ――腕の関節の内側から肉を突き抜けていったのだ。歯で身体の層を噛みちぎって、顔をどんどん深く血に埋めて、彼の顎の連結はもうほとんど肘の関節の内側までたどり着いていた。だが、肘を形成する骨の結合の前には、よく知られているように、arteriae brachialis, radialis et ulnaris［上腕動脈、橈骨動脈と尺骨動脈］の三つの動脈が合流する場所がある――噛み切られた動脈の合流点は大量出血し、身体の力と生命を失わせた。歯は目的にほとんど到達したところで噛まなくなってしまい、腕はだらんと伸びて、手首から先が地面についた。後を追うように、全身が地面に倒れた。

監視員が物音を聞きつけて檻のガラスの壁に突進したときには、広がりゆく血の染みの上に、死んだ一一一一一番がのびていた。

地球も印刷機もそれぞれの軸のまわりを回転し続けていたから、自分の肘を噛もうとした男の歴史は、もちろん、これで終わりになったわけではない。歴史はそうなのだが、物語は違った。どちらも、すなわち〈物語〉も〈歴史〉も、しばらく並んで立っていたかもしれなかった。〈歴史〉の方は、初めてのことでもあるまいし、死体を超えて先へ進んで行く、だが〈物語〉は年老いて迷信深く、縁起の悪いことを嫌う。皆さん、〈物語〉を咎めたりせぬよう、あしからず。

一九二七年

脳内実験から小説へ——シギズムンド・クルジジャノフスキイの作品と生涯

上田洋子

シギズムンド・クルジジャノフスキイの作品が主題としているのは、人類が歴史の中で問い続けてきたテーマ群である。存在とはなにか、存在しないとはどういうことか？　人間が世界を知覚するしくみはどうなっているのか？　空間とは？　時間とは？　運動とは？　そもそも人間とは？　これら、文学および芸術一般の永遠のテーマであり、哲学や科学の分野で取り組まれ続けてきた問題を、クルジジャノフスキイは同時代の日常のディテールとかけ合わせる。モスクワの町並み、並木通りのベンチ、アパートの一室、列車の客室、本の頁、壁紙の模様——思考する人間、あるいは思考それ自体の表象がある／いるのは、具体的でリアルな描写を伴うこれらの空間だ。歩を進めていく人間とその思考は、ちょっとしたきっかけにぶつかって歪み、脱線して、未知の空間に迷い込んでしまったり、なにかものすごい出来事に遭遇したりする。個人の頭の中に展開される思考は空間と時間を越え、ときに論理すら越えて、独自の運命をたどる。一九二〇年代前後の、革命によって集団の価値観がリニューアルされた（ことになっている）ソ連邦でも、脳内空間では思考が独自の道を歩み得る。都市の喧噪の中、執拗に五感を襲ってくる新時代のスローガンやイデオロギーの表象を浴びながら、思考は状況を分析し、頭の中で秩序を組み替える。時代の現実と対峙しつつも、独自の運動で独自の世界を描かずにはおれない個人の思考、その微妙なコントラストと違和感から生まれるシュールレアリズム的な光景、それがクルジジャノフスキイの作品世界ではないだろうか。

クルジジャノフスキイの作品はポー――カフカ――ボルヘスといった世界文学の文脈で語られることがよくある。実際、人間心理に深く切り込むグロテスクな幻想性はポーに、常規を逸脱した現実の切り取り方、精神分析的でときに偏執的な視点はカフカに、博識の上に成り立つ虚構と現実の転倒された価値観はボルヘス、それに亡命ロシア人のナボコフにも通じるだろう。ロシア文学史ではこの作家は異端とされ、ソヴィエト初期の文学の裏側に位置づけられる。比較的近いとされているのはレニングラードのオベリウというグループで、ロシア未来派の言語実験の影響下にありながらも、言葉それ自体の意味を捨てることなく、言葉の表象生産機能に注目して不条理な世界を描いた作家・詩人達だ。［グループの中心的作家・詩人ダニイル・ハルムスの作品は、漫画家西岡千晶氏の挿絵も魅力的な作品集『ハルムスの小さな船』他、複数の邦訳がある。］革命によって転覆された世界や生活、価値観の劇的な変化、機械と科学の時代の思考実験、現実と虚構の交錯などのテーマは、例えば『巨匠とマルガリータ』（一九二九-四〇）のブルガーコフ、『われら』（一九二〇）のザミャーチンら同時代の多くの作家に共通している。その中でクルジジャノフスキイやオベリウの作家・詩人達に見られる特異な点は、知覚、思考、文学の内部にある法則や条件を物語の前面に押し出すところだ。現実世界とその表象との関係が作品に何らかの意味を持っているのはモダニズム芸術に共通の特徴であるが、クルジジャノフスキイらは言語と文学の記号性や構造、制約性（ウスローヴノスチ）を駆使して現実と表象の転覆を謀る。彼らの作品世界では言語と芸術の法則のもとで、現実世界に潜む不条理がテクストの隙間から顔を覗かせている。

どんな思想も文学作品も、黒い文字群として紙あるいはその代替物に書かれてテクストとなり、そのテクストを通して読者に伝わる。白い紙の上のテクストは現実と虚構、あるいは表象化された現実を隔てる境界である。では、このテクストというインターフェイスや、それを形成する文字自体が自己主張をしたらどうなる？　クルジジャノフスキイの作品からは、そんな問いが読者に投げかけられる。クルジジャノフスキイはテーマに視覚・聴覚的強度のあるイメージを与え、そのまわりに緻密に言語の網を張り巡らせる。引用を滑り込ませ、ときに知識をひけらかし、理論や言い回しを意図的に曲解しながら、すでに書かれたものとの対話を試み、そこに読者を引き込もうとする。解決不可能な永遠のテーマ群は、観念と物質世界を媒介する文字たちが描く奇妙なイメージを通して、テクストから読者の頭に入り込み、脳裏にこびりついてしまう。

人間の存在に関わる大きなテーマを扱いながらも、初期ソヴィエトの都市生活におけるどうにもならない違和感、そこここに残留する革命前の残り香、それらの小さな記号や痕跡を風刺的にあぶり出していくようなクルジジャノフスキイの作品は、新国家ソ連でなんら有用性を見いだされることがなかった。生前にはほとんど出版することができず、やっと作品集が書物の形で読者の目に触れることになったのはペレストロイカ期の一九八九年だった。

作家と作品のバイオグラフィー

シギズムンド・ドミニコヴィチ・クルジジャノフスキイ（Сигизмунд Доминикович Кржижановский, 1887-1950）はウクライナ、キエフのポーランド貴族の家庭に生まれた。父は軍人だったが早くに退役し、その後は製糖工場の経理の仕事に就いていた。母は音楽に造詣が深く、クルジジャノフスキイも音楽の才に恵まれ、オペラ歌手を目指した時期もあるという。年の離れた姉が四人おり、長姉は女優であった。キエフ大学法学部に通っていた一九一一年頃から、詩やエッセーを新聞・雑誌に投稿しはじめる。大学では法学と並行して文学と哲学の授業を聴講し、一九一二年と一三年にはヨーロッパ研修旅行にも出かけた（フランス、ドイツ、イタリア、スイス）。同時代のロシア知識人の例に漏れず、多言語を操り、西欧文化に親しみ、旅を愛した。大学卒業後はキエフ地方裁判所の弁護士助手になった。ところが一九一七年のロシア革命でそれまでの法律が無効になり、裁判制度も変わったため、必然的に職を失った。以後、法学の道に戻ることはなく、音楽院・演劇スタジオなどの芸術教育機関や労働者クラブで講師として文学・演劇・音楽・心理学・哲学の歴史と理論を教えて生活の糧を得た。革命後はもはや国外に出ることはなかった。

一九一九年、短篇「ヤコービと《あたかも》《ヤーコブィ》」がキエフの「暁」誌に掲載され、クルジジャノフスキイはこれを事実上の作家デビューと見なした。革命後の内戦が収束した一九二二年、活動の舞台をキエフから新首都モスクワへと移し［一九一八年、革命政府は首都をペトログラードから歴史的首都のモスクワに戻した］、小説、エッセー、評論のみならず、舞台・映画シナリオ等の多岐のジャンルに渡って創作を展開した。未完のものや紛失された作品を除いても、五本の中篇、一一〇本以上の小品・短篇、一七本の戯曲・シナリオを残しており、さらにエッセー、ルポルタージュ、評論を加えると作品数は二〇〇を越える。小品・短篇の主なものは、作者自身が出版を見込んで六つの作品集にまとめているが、これら、『天才児のための童話集』（一九二四／一九二七）、『他人のテーマ』（一九三〇）、『人はなにによって死ぬか』（一九三三）、『噛めない肘』（一九三九‐一九四一）、『小は小より小なり』（一九三七）、『一九二〇年代から一九四〇年代の短篇集』（一九四一）が、作家の存命中に書物の形を取ることはなかった。

クルジジャノフスキイの作品が本になるには、ペレストロイカ期の一九八九年、詩人・文芸評論家のワディム・ペレリムーテルの編集による『未来の思い出』を待たなければならない。ソ連末期の自由化・情報公開の波に乗って、それまでタブーとされ、忘れ去られていた作家たちの作品が「再発見」されていったこの時期、クルジジャノフスキイは二〇年代のオルタナティヴ作家としてロシア文学史に組み込まれていった。ペレリムーテルの尽力により、その後『ミュンヒハウゼンの帰還』（一九九〇）、『天才児のための童話集』（一九九一）、『文字殺しクラブ』（二〇〇〇）の三冊の作品集が刊行され、さらに二〇〇一年から二〇一〇年にかけて出版された五巻本著作集では、戯曲と評論の一部をのぞいたほとんどの作品が網羅されている。外国語でも一九九一年にはフランス語の作品集『しおり』が出版され、それ以来クルジジャノフスキイの作品はドイツ語、ポーランド語、スペイン語、英語などに翻訳されてきた。英語では二〇〇九年にニューヨーク・レヴュー・クラシックシリーズで出版された『未来の思い出』が翻訳文学賞にノミネートされ、二〇一二年には同じ出版社から『文字殺しクラブ』が刊行された。ソヴィエト時代には「時期尚早」で、狭い範囲の読者しか持たなかった珠玉の作品群は、今まさに再評価を受け、世界文学の遺産に登録されつつある。

演劇・映画・文学

デビュー作「ヤコービと《あたかも《ヤーコブィ》》」の主人公は、カントの「物自体」を批判した哲学者フリードリヒ・ヤコービ（一七四三—一八一九）である。論文執筆中のヤコービが、『純粋理性批判』の書物から芋虫のように這い出してきたロシア語の文字列《якобы》（ヤーコブィ、あたかも）とロシア語で対話する。使用言語がロシア語である必然性は、タイトルに示されている名前の一致だけではない。この文字列を先導するのは「я」すなわち「私」という意味の語で、よく見ると文字の見かけも芋虫の頭に似ているのだ。文学描写を媒介する言語の記号性や約束事、文字の素材感（ファクトゥーラ）を強調しながら、人間の思考を鮮烈で奇妙なイメージの連続として展開していく作風は、デビュー作から晩年まで一貫している。

モダニズム的で、形式へのこだわりが強く、幻想的かつ風刺の利いたクルジジャノフスキイの作品は、高踏的、形式主義的と捉えられたり、あるいは新生国家ソ連にそぐわないという理由で、雑誌にすら掲載できない場合がほとんどだった。ならば当時はどのような形で発表され、どうして現代まで残ったのか？　それは朗読である。革命前、いわゆる銀の時代の文学ブーム期から、モスクワやサンクトペテルブルグ［一九一四年から二四年はペトログラード、一九二四年から九一年はレニングラードと呼ばれた］などの都市部を中心に、多数の文芸サークルやキャバレー、演劇スタジオが存在し、芸術や学術のイベントが盛んに行われていた。たとえば一九一三年にペテルブルグのルナ＝パルク劇場において「世界初の未来派シアター」の謳い文句で開催された、オペラ『太陽の征服』〔超意味言語の提唱者クルチョーヌィフが脚本を、『黒い正方形』のマレーヴィチが美術を担当。未来派の主導的存在であったフレーブニコフがプロローグの詩を書いた。音楽は画家・詩人・作曲家のマチューシン〕と演劇『悲劇ウラジーミル・マヤコフスキイ』〔マヤコフスキイ脚本、分析的絵画のフィローノフが美術を担当〕の上演に代表されるように、都市文化の発展とともに、芸術家・文化人の溜まり場を拠点として、領域横断的な芸術活動が展開されていく。クルジジャノフスキイもキエフ時代から、後に妻となる元モスクワ芸術座第一スタジオの女優アンナ・ボフシェクらとともに、文学・音楽・講演からなる芸術の夕べを催していた。モスクワにやって来た彼の主な発表の場となったのも、劇場、文芸サークル、個人宅での会合だった。朗読という発表手段のおかげで、作品における語りの要素は独特の強度と魅力を獲得していった。詩的な調音のみならず、同意を求めたり、想像力の欠如を非難したり、あの手この手で読者に作品への参加を呼びかける語りのスタイルには演劇的なパフォーマンスの要素が見られる。また、物語のかっちりした枠組み設定、さらに事物の輪郭を描く際の直線や曲線、方形や三角やくさび形、円や円錐などの幾何学的図形の利用は、アヴァンギャルド芸術を介した形状の知覚を促すとともに、耳で聞いても即座に情景を浮かび上がらせる効果がある。インパクトのある物語は人々の記憶に残り、彼の才能を認めた友人たちの尽力のおかげで、少数の出版された作品を手がかりに、作家とその作品は現代まで語り継がれることになった。

妻ボフシェクが演劇人だったこともあり、クルジジャノフスキイは演劇や舞台芸術関連の仕事に多く携わった。特に演出家アレクサンドル・タイーロフの主宰するモスクワ・カーメルヌイ劇場では、俳優養成スタジオで講義を担当したのみならず、劇場機関紙「MKTの七日間」（一九二三－二四）の論客としても活躍した。クルジジャノフスキイがこの劇場で働きはじめたのは、ちょうどカーメルヌイ劇場が、メイエルホリド劇場と新しい演劇を競っていた時期だった。『堂々たるコキュ』、『タレールキンの死』（一九二二）、『大地は逆立つ』（一九二三）と、有用性に基づく構成主義の新しい価値観を次々に提示していったメイエルホリド劇場に対し、カーメルヌイ劇場も西欧的なキュビズムからより急進的なアメリカ志向の構成主義へと様式を移行させた。こうした流れの中でクルジジャノフスキイが脚本を担当した『木曜日だった男』（一九二三）は、ロシア演劇史上初めてエレベーターを取り入れたスタイリッシュな装置が話題を呼んだ。チェスタトンの短篇小説をエピソードに切り分け、映画的な場面構成で軽快なテンポとリズムを与えた脚本も、都市の文化を巧みに反映し、演劇の構成主義への歩みに一役買っていた。

クルジジャノフスキイとカーメルヌイ劇場の関係は生涯続いた。一九三〇年代後半、もはや芸術のアヴァンギャルドは撲滅されていた時期に、この関係はもうひとつの重要な作品を生んでいる。それは一九三六年、プーシキン没後一〇〇周年記念公演に向けて上演が企画された『エヴゲーニイ・オネーギン』で、クルジジャノフスキイはやはり脚本を担当している。文化統制の強化に対応した劇団の自己検閲で上演は取りやめになったが、同年ソ連に帰国したプロコフィエフが作曲した音楽は残った。［プロコフィエフは一九一八年に国外に出ていた。］ボフシェクによると、チャイコフスキーの傑作オペラがあるからと新たな作曲を渋ったプロコフィエフを創作に向かわせたのは、クルジジャノフスキイの脚本だった。脚本の朗読会にいやいやながらやって来たプロコフィエフは、はじめ一番後ろの隅の方に座っていたのが、

「自分でも気づかないうちに、クルジジャノフスキイに向かって斜め一直線に椅子ごと動きはじめた。〈略〉結局、作曲を引き受けたときにはもう、本人しか理解できない創造的興奮の状態にあった」（回想録「友の目」より）。のちにオペラ『戦争と平和』や交響曲第七番など、プロコフィエフの複数の作品を遍歴することになる叙情的なモチーフは、このときに生まれている。

　クルジジャノフスキイは映画の分野でも縁の下の力持ちの役回りを演じた。初期ＳＦ作品『アエリータ』（一九二四）で有名なプロタザーノフ監督の大ヒットコメディ『聖ヨルゲン祭』（一九三〇）、およびパペットアニメーションと実写を組み合わせた長篇映画『新ガリバー』（プトゥシコ監督、一九三五）の脚本に関わった。ところが作家として無名であったため、クレジットに名前が入らなかった。当時新しい芸術だった映画へのクルジジャノフスキイの関心は高く、二本の映画シナリオ「ミュンヒハウゼンの帰還」（一九二四―二五）、「タイムマシン」（一九三四）を執筆しているほか、映画スタジオを開こうと画策していた時期もあった。シナリオはどちらも現存していないが、小説「ミュンヒハウゼンの帰還」（一九二七―二八）に映画シナリオが先駆けているのは注目に値する。

　演劇・映画との関わりは、クルジジャノフスキイ作品の領域横断的な側面に大きな影響を与えている。パフォーマンス的な語り、枠組みと自由な時空間の処理の他、たとえば主人公が街を歩む場面では、目に映ったものや光景が順に名指され、まるでひとつひとつカメラで撮影しているかのような描写が用いられる。語りの中で起こる場面と場面のリズミカルな交替には、映画のモンタージュの手法を見ることができる。さらに、ディテールの顕微鏡的描写にはクローズアップとの関係を見ることもできるだろう。

　演劇の方法がクルジジャノフスキイの創作原理に大きな意味を持っていることは、多数の演劇論、戯曲論からも知ることができる。たとえば一九二三年の「演劇に関する哲学原理」では「カント哲学」と「シェイクスピア演劇」が比較され、表象／芝居（representation）、行為／幕（act）といった用語の一致を手がかりに、両者が相似関係にあると述べられている。クルジジャノフスキイは、短い上演時間に世界観を凝縮させる演劇が世界認識の手段として哲学よりも優れていると言う。彼の論によると、演劇は思考実験に身体を与えて具現化し、伝達する有効な形式であり、悲劇や市民劇、喜劇などのジャンルの差異は、この舞台において観念、物質（人間の生もここに含まれる）、想像力がさまざまな度合いに組み合わされる中で生まれることになる。世界認識の手段としての演劇（芸術）という考え方は、シェイクスピアの「世界は劇場なり」という標語に代表される世界劇場の思想に列なる。想像力（あるいは哲学用語の構想力）による物質性と観念性の統合としての芸術作品、演劇の上演における俳優の物理的媒介によるテクストの再生に関する考察は、物質と観念の境界にあるテクストの強度、そして書かれたテクストが読者を通して得る新たな生の考察へと導かれていくことになる。

創作の三つの時期

クルジジャノフスキイの創作は大きく三つの時期に分けることができる。第一期は一九一八～二二年頃、第二期は一九二二～三四年頃、第三期は一九三四年頃から晩年となるだろう。

第一期にあたるのは作家本人がデビュー作と認めている「ヤコービと《あたかも》《ヤーコブィ》」の執筆から、モスクワにやってきた年まで。『天才児のための童話集』第一版に含められる作品はすべてこの頃までに執筆されている。この時期の作品は哲学の問題が文学の枠組みの中でミニマムに展開される寓話的なもので、物語としての流れをまだあまり持っていない。部屋の壁紙から出てきた塗料のかけらのような微小の存在が主人公の視覚を左右し、世界観を変えてしまう「ちょびっとたち」、天使とおぼしき者が、人間を指しているらしき「ない」について学術報告をする「ないの国」、表象上の世界の混乱が現実世界に波及して世界が転覆する「カタストロフィー」、「《歴史の一頁》」、「神は死んだ」(すべて一九二二年)など、観念的な内容が詩的で密度の濃い言葉で語られる短い作品が多い。そこでは主人公は機能にすぎず、物語の牽引力にはならない。個性と魅力を持つのは、永遠の問題や古い物語が新しい視点で実験的に展開されていくやり方で、この時期になんらかの形を得た多くのテーマや詩的イメージが、以後の作品でも繰り返し登場することになる。

第二期は一九二二年の「亀裂蒐集家」から、作品集『人はなにによって死ぬか』の編集を終えた一九三四年頃までで、クルジジャノフスキイの創作がもっとも充実していた時期である。モスクワに出てきた彼は街を歩き回り、帝政ロシアからソ連へ、変化の渦中にある街の諸現象を蒐集した。二〇年代半ばには、それらの現象を記号的に読み解く試みをルポルタージュにまとめ、写真を交えて雑誌に発表している(一九二四年の「モスクワの看板」、一九二五年の「瞬間を集める」、「消印:モスクワ」、「二〇〇〇(通りの改名によせて)」)。これらはいわば都市の日常の表象のコレクションで、一九世紀の散歩者ボードレールの散文詩、同時代人ヴァルター・ベンヤミンのパッサージュ論、日本の現代美術家赤瀬川原平の路上観察などと呼応する。クルジジャノフスキイはモスクワの日常の事物に象徴・隠喩・換喩として力の強いものを見つけ出し、それを作品に取り込んで、個人の歴史的経験の中で再解釈していった。こうした作業を介して、外界の現実と人間の思考を取り結ぶ物質的で視覚的な表象空間としてのテクストが生み出されるようになった。さらに、自身の経験が作品に取り込まれることで、作家の「私」が物語の中心的役割を担うことになった。「私」と対象との関係性が見えてくる中で、登場人物の描写にも具体性が生まれ、物語の枠組みにも複雑で多様な仕掛けが考案されていった。この時期には今回訳出した作品をはじめ、「死体の自伝」（一九二五）、「他人のテーマ」（一九二九－三〇）、「縫い目」（一九二七－二八）など、多くの重要な短篇が書かれている。また代表作「文字殺しクラブ」（一九二六）、「ミュンヒハウゼンの帰還」、「未来の思い出」（一九二九）他、五本の中篇もすべてがこの時期に生まれた。

一九二五年から一九三一年の間、クルジジャノフスキイは博識を生かし、ソヴィエト大百科事典の編集部で働いた。本格的な文学・芸術批評も書かれるようになり、すでに言及した一九二三年の演劇の美学論「演劇に関する哲学原理」の他に、一九二五年には、生涯でただ一冊の本（といっても数十頁の冊子であるが）『表題の詩学』が出版された。演劇・映画の第一線の創作活動に参加するようになったのもこの時期である。

第三期は評論とルポルタージュに特に大きな成果があった。一九三四年頃からシェイクスピア論を雑誌等に発表し、全ロシア演劇同盟シェイクスピア・キャビネのメンバーとして、研究・教育の場でも活躍した。クルジジャノフスキイの講義を聴いて育った世代には、二〇世紀シェイクスピア研究の第一人者アレクサンドル・アニクストがおり、彼は一九五〇年代末、クルジジャノフスキイ遺作出版委員会のメンバーとして、作家の妻ボフシェクらとともに作品集の出版に尽力している。出版は実現しなかったが、シェイクスピア論に関しては彼の力でいくつかの論集への収録がなされ、後の再評価への橋渡しとなった。

シェイクスピア論をきっかけに、彼はバーナード・ショー、チェーホフ、プーシキン、ポーら、主に英語圏とロシア語圏の作家について文芸評論を書くようになった。一九三四年は社会主義リアリズムが「公」の芸術方針として採択された第一回全ソ作家大会の年で、執筆活動の重点が創作から評論へと移行したのは必然だった。「しおり」や「支線」にも見て取れるように、社会風刺的な作品や言説の少なくないクルジジャノフスキイが、スターリン政権の弾圧・粛清の対象にならなかったのは、本を出していなかったせいで知名度も影響力も少なかったことが大きい。

一九三七年頃からふたたび小説に戻り、民話の形式を借用した小品集『小は小より小なり』を完成させている。フォークロア散文詩とも言えるその作風には、公の芸術綱領に抵触せずに自分の持ち味を活かすための模索が見られる。一九三九年には、プーシキンの「エジプトの夜」に想を得た戯曲「第三の男」を執筆し、同じテーマで長篇小説を構想した。この頃、作品集『噛めない肘』を準備し、『西欧の物語』という題で出版が決まった。ところが校正がはじまった段階で第二次世界大戦が勃発し、やはり本にはならなかった。一九四〇年代にはフィクションの執筆はほとんど行なわず、ルポルタージュ、評論、翻訳に終始した。

収録作品について

今回訳出したのは一九二〇年代後半、クルジジャノフスキイが最も充実していた第二期の五作品である。

「クヴァドラトゥリン Квадратурин」（一九二六）の舞台となっているのは、クルジジャノフスキイが間借りをして暮らしていたモスクワの中心街のアルバート通り［現在の旧アルバート通り］四四番地の部屋である。ソ連時代は各人の「居住面積」が決められていて、都市の住民は集合住宅で窮屈に暮らしていた。クルジジャノフスキイはモスクワではよそ者で、住宅難の折につてでやっと住むところを見つけたという事情もあり、立地は良くても極端に狭い、日本式に考えるなら四畳半程度の部屋に住んでいた。ひとりになれる場所を確保するため、彼はあえて妻と入籍せず（入籍は部屋を失うことを意味した）、同居もせずにこの部屋に住み続けた。当時のソ連では事実婚はモラル違反だったが、「瞳孔の中」に描かれているような通い婚を続け、二人が入籍したのは一九四六年、作家が病を得て、一人で生活するのが不自由になってからだった。

「クヴァドラトゥリン」の部屋の空間は、変質しながら主人公ストゥリンの精神の空間と同化していく。変形していく部屋を隠すため、ストゥリンはドアを閉ざし、窓に光と同じ「カナリア色」のカーテンを掛けて空間を密閉し、その内部に閉じこもる。クルジジャノフスキイ作品において、閉ざした窓のモチーフはしばしばライプニッツの「窓のないモナド」と結びつき、個と全体の関係へと読者の思考を向かわせる。部屋に閉じこもるストゥリンと拡張する部屋には、ソ連社会における個人の問題を読みとることも可能であり、たとえば街娼との何気ない会話からは、ストゥリンに国を捨てる意図があったことが察せられる。端役の街娼も服装や境遇から考えると、ブルジョワ階級の成れの果てであるのかもしれない。個人と社会の不条理な関係のメタファーとなる「部屋に閉じこもる主人公」というモチーフは、カフカの「変身」（一九一二）とも呼応するだろう。

この作品はクルジジャノフスキイの代表作で、ロシア語はもちろん、翻訳でもペンギン・クラシックシリーズの『ロシア短篇集　プーシキンからブイダまで』（二〇〇五）をはじめ、多くの作品集やアンソロジーに収録されている。

「しおり Книжная закладка」（一九二七）のテーマは文学それ自体である。しおりを挟みながらじっくり読むべき作品、ダンテの『新生』やスピノザの『エチカ』と同様の強度を持つテクストとして作品内で自己言及的に位置づけられていることから、この「しおり」が作家の相当な野心作であることがうかがえる。実際、この作品はクルジジャノフスキイがもっとも好んで朗読したもののひとつだった。

語りによって作品を彫琢していくテーマ捕りと、彼と対談してその話を聞き出す主人公の関係には、朗読を発表手段とするクルジジャノフスキイ自身の創作のプロセスが反映されているだろう。出版をめぐるテーマ捕りの受難劇も、多分に自伝的なものであるだろう。作家自身と面影の重なる「即興の芸術家」はクルジジャノフスキイの好む主人公のタイプで、たとえば後に戯曲・長篇「第三の男」のモチーフとされるプーシキンの「エジプトの夜」も即興詩人の物語であった。同じテーマの作品では、同時期に執筆された「他人のテーマ」、「文字殺しクラブ」、「ミュンヒハウゼンの帰還」が特に本作と関係が深い。「他人のテーマ」では主人公＝作家が、街の居酒屋で偶然遭遇した「テーマ売り」の語る物語の聞き手となる。「文字殺しクラブ」で描かれるのはある秘密の文学会で、そこでは文字の持ち込みが一切禁じられている。会員は即興で物語を語り、会場で設置されている空の本棚を埋めようとする。「ミュンヒハウゼンの帰還」は、ほら話をしていないと存在できないミュンヒハウゼンの物語である。

クルジジャノフスキイのアーカイヴには「書かれなかった文学の歴史」という論考の構想や、「どこにもない国々」という未完のユートピア文学論などが残されている。「書かれていないもの」「存在しないもの」「死んだもの」の「非存在性」が想像力を刺激するという逆転した理論は、クルジジャノフスキイの創作原理のひとつである。言葉の上だけで存在する「非存在」たちが現実を乗っ取ってしまう状況は、プラトンの『国家』で「真実から遠い」「影にすぎない」と否定される芸術のあり方に対する、作家クルジジャノフスキイの一種の開き直りであり、また新生ソ連の、マルクス主義の唯物論と国家建設のイデオロギーの観念論的側面の矛盾に対する違和感の表明でもあるだろう。なお、「非存在」の創造性という文脈の中で、ピランデルロの不条理戯曲「作者を探す六人の登場人物」（一九二一）がパロディ化されている。不条理文学の嚆矢への敏感な反応は、世界文学におけるクルジジャノフスキイの創作を文学史に位置づける上で、ひとつの指標となるだろう。

一九二五年七月二五日付のボフシェク宛の手紙で、クルジジャノフスキイは「あなたの瞳を描いた小説を書こうと思っています」と述べている。二年後に完成された「瞳孔の中 В зрачке」は、彼女の瞳を舞台とし、恋愛を軸に据えながらも、人間の知覚や心理が中心テーマとなっている。直接の着想源は、網膜に映った像を頭の中にいる小人が見ているものとして視覚を考える一七世紀のケプラーの理論だろう。そこにプラトンの洞窟のたとえ、デカルトやバークリの光学理論、フロイトらの夢や忘却の理論など、認識論と精神分析学の問題系が組み込まれている。瞳孔、角膜、硝子体、黄斑など、実際の目の構造を組み替えた空間構造に、光と影、照明の当て方、外界との遠近法的つながりなど、演劇・絵画・写真・映画といった視覚芸術のしくみが遊戯的に援用され、巧みな場面構成がなされている。

視覚や目はクルジジャノフスキイにとって重要なテーマのひとつで、初期作品集『天才児のための童話集』にもすでに「数珠」(一九二二)、「グライヤたち」(一九二二)など、このテーマを直接に扱った作品が含まれている。それらは盲人が「目の木」の実を眼窩に入れて視力を得たものの、世界が上下反転して見えるようになったとか、特殊な検眼鏡に目玉をあてて瞳孔をのぞいてみたら、遥か遠くの星空に小さな私が写っていたとか、まるで哲学史の挿絵のような作品であった。一方「瞳孔の中」では、こうした視覚のメカニズムを枠組みとして、複雑な理論を魅力的な物語として展開することに成功している。

「支線 Боковая ветка」(一九二七-二八)は、クルジジャノフスキイの一連のユートピアあるいはアンチ・ユートピアを描いた作品のひとつ。論理的かつ非論理的、意識的かつ無意識的な夢の世界の描写にはフロイトの無意識や夢の分析、ルイス・キャロルのアリスの国々、「ユートピア」という語の生みの親であるトマス・モア、スウィフト、プラトンの『国家』など、空想やユートピアに関連する著作のエッセンスがあちこちに隠されている。たとえば電信柱の上で歌われる挿入歌では、ハムレットの「To be, or not to be」のモノローグ(「死ぬ、眠る」)と、プラトンの『国家』における詩人不要論が出会い、ソ連の都市に溢れるスローガンのようなパロディ化を受けている(「詩人に権力を!」)。シャガールの幻想絵画にあるような浮遊する歌い手がここで指摘するのは、ユートピア=「どこにもない国」の非現実性であろう。書物から出てきた版画のような薄っぺらな身体のトマス・モアや、ナンセンスでふわふわした夢の国の情景に組み込まれた看板やスローガン、あるいは本の表題の文字は、複数の時間と空間を取り結び、シュールレアリズム的な世界の表象を現出させている。

アンチ・ユートピアを扱ったその他の作品としては、「文字殺しクラブ」の挿話のひとつに、人間の筋肉を脳の指示系統から分断し、代わりに国家が「エーテルの風」を送って国民の運動を支配するという強烈な風刺物語がある。ハムレットの「To be, or not to be」のモノローグは「文字殺しクラブ」でも引用されており、ユートピア、アンチ・ユートピアの問題系をつなぐ重要な鍵となっている。後期のアンチ・ユートピア小説「黄炭」（一九三九）は「ロシア文化研究論集――エチュード」第二号（一九九五）に「悪意の力」のタイトルで久野康彦氏によって翻訳されている。

「噛めない肘 Неукушенный локоть」（一九二七）は、絶対に不可能なことを示す「肘は近いが噛めない」というロシア語のことわざを物語に展開した作品である。ことわざや常套句をわざと文字通りに具現化させ、不条理でグロテスクな情景を演出してみるのは、クルジジャノフスキイの好む手法のひとつで、同じ手法で書かれている作品に「ザリガニが口笛を吹くとき（いつになることやら）」（一九二七?）がある。本人にしか理解できない不条理な目標の到達に夢中になっている檻に入った見世物芸人はカフカの「断食芸人」（一九二一―二二）を思わせる。もっともカフカの芸人がサーカスの小さな世界で枯れていくのに対し、肘噛み男は国家に翻弄されるのみならず、目標到達の結果如何で国家を翻弄する。ここにはそれぞれの作家が属する社会における国家と個人、歴史と個人の関係性の違いがあらわれているのかもしれない。同時代人の証言では、クルジジャノフスキイがカフカを読んだのは一九三〇年代のことであるという。ロシアでカフカの作品が最初に出版されたのは一九六五年で、当時はもちろん翻訳があったわけではなく、芸術家ネットワークの中でドイツ語のテクストが密かに流通していたようだ。

クルジジャノフスキイの作品は演劇的な戯れで読者をテクストとの対話に誘い込む。たとえば文学と創作を中心テーマとする「しおり」では、小説のプランや思考の形式、テーマの面白い展開方法が示されながらも、結末は回避される。テーマ捕りは一見、解決方法を求めているように見せかけながらも、それを二重線で取り消して先送りにする。「文学は死んだ」、「すべてはやり尽された」というポストモダン的な感覚は、この作家の時代にすでに共有されていた。こうした無力感の中、クルジジャノフスキイの解決しない物語群は、テクストやテーマに何度も何度も立ち返ることを可能にする。そして読者は書かれたテクストと対話をしながら、文学の運命を考え続けることになるだろう。「しおり」と同じく創作のモメントが描かれている「瞳孔の中」の結末部では、語り手＝作者が、消失点へと向かう線遠近法のようにまっすぐな道を通り、小説のはじめの方に出てきたベンチ、そこで作品の構想がはじまった地点に戻っていく。そしてそこから読者に手を差し伸べ、読者が小説を捨てるのを回避しようとする。執拗なまでの作者の呼びかけに従って読者が読み返してみると、緻密に構築されたテクストの迷路の中で新たな発見と出会い、別の思考回路が開かれていくことになる。

クルジジャノフスキイの小説世界には山ほどの仕掛けや思考の種が仕込まれている。その魅力の虜になった読者は、循環し、循環させるテクストの言葉の網から抜け出すことができなくなるだろう。

＊　＊　＊

本の中で文字以外に唯一の視覚情報となる表紙の画像をどうするか考えていたとき、日本で活躍するロシア人キュレーターのロディオン・トロフィムチェンコ氏の展覧会で、田附楠人氏の作品に出会った。ファクトゥーラと表面が織りなす執拗な闘いに、存在の問題とアグレッシヴな力、エネルギーの運動と静止の力の拮抗が見え、どこかモダニズム的な見かけとも相まって、まさにクルジジャノフスキイ的な世界だ。快く作品の使用を許可して下さった田附氏とトロフィムチェンコ氏および Frantic Gallery に心より感謝したい。芸術は不思議なものだ。二つの世界がこの一冊の本で出会っているのも、なんともクルジジャノフスキイ的なできごとではないか。

今回の翻訳出版を励ましてくださった東京大学の沼野充義教授に、翻訳者を代表して心より感謝の意を表したい。また、編集者の木村浩之氏には本当にお世話になり、いくら感謝をしても足りないくらいである。共訳という形で一人の作家の作品集を出版することには、解釈の精度や語彙を研ぎすまし、また読者に一人の翻訳者の解釈を押し付けることを回避するというメリットがあるだろう。今回、クルジジャノフスキイと比較的近い作風で、亡命先でモダニズムの想像力を大いに発揮したナボコフの研究者である秋草俊一郎氏と共訳ができたことで得たものは大きい。

最後に、博士論文「シギズムンド・クルジジャノフスキイ研究」をご指導いただいた早稲田大学の井桁貞義教授、副査として貴重なご意見をいただいた大石雅彦教授、貝澤哉教授、研究を励ましてくださった川崎浹教授に、改めて感謝を申し上げたい。また、演劇的な視点から研究を深めるためのさまざまな機会を与えてくださった早稲田大学坪内博士記念演劇博物館の竹本幹夫館長、秋葉裕一副館長、そしてお世話になったすべての方々に心よりお礼を申し上げたい。

◉訳者紹介

上田洋子（うえだ・ようこ）

……………「瞳孔の中」、「しおり」、「噛めない肘」、解説

早稲田大学大学院文学研究科修了。専攻はロシア文学。

現在、早稲田大学非常勤講師、専修大学兼任講師。

共訳書に『ヤング・アグレッシヴ――ロシア現代芸術における挑発的なスピリット』（展覧会図録、武蔵野美術大学美術資料図書館）、『種の起源：ロシアの現代美術――私たちは生き残ることができるのか』（展覧会図録、「ロシアの現代美術」実行委員会）がある。

秋草俊一郎（あきくさ・しゅんいちろう）

……………………「クヴァドラトゥリン」、「支線」


東京大学大学院人文社会系研究科修了。専攻は比較文学、ロシア文学など。

現在、無職。

著書に『ナボコフ　訳すのは「私」――自己翻訳がひらくテクスト』（東京大学出版会）。共訳書にウラジーミル・ナボコフ『ナボコフ全短篇』（作品社）、デイヴィッド・ダムロッシュ『世界文学とは何か？』（国書刊行会）がある。

瞳孔の中　クルジジャノフスキイ作品集

2012年7月31日　初版発行　　　定価はカバーに表示しています

著　者　シギズムンド・クルジジャノフスキイ
訳　者　上田　洋子
　　　　秋草俊一郎
発行者　相坂　一

発行所　松籟社（しょうらいしゃ）
〒612-0801　京都市伏見区深草正覚町1-34
電話　075-531-2878　振替　01040-3-13030
url　http://shoraisha.com/

印刷・製本　モリモト印刷（株）
カバーデザイン　西田優子

Printed in Japan

ISBN978-4-87984-310-4 C0097

わたしの物語　創造するラテンアメリカ

セサル・アイラ　著　／　柳原孝敦　訳

46判並製・160頁・1500円+税

「わたしがどのように修道女になったか、お話しします」――ある「少女」が語るこの物語は、読者の展開予想を微妙に、しかしことごとく、そして快く裏切ってゆく。数多のラテンアメリカ作家が崇拝してやまないセサル・アイラの代表作、待望の邦訳。

遠ざかる家　イタリア叢書

イタロ・カルヴィーノ　著　／　和田忠彦　訳

46判上製・176頁・1359円+税

50年代の建築ブームで変わりゆく故郷、失われゆく自然への哀惜が一人の知識人を侵略者の中へ。原題『建築投機』は主人公自身の存在への賭を暗示する。

怒りの惑星　イタリア叢書

パオロ・ヴォルポーニ　著　／　脇功　訳

46判上製・256頁・1300円+税

世界核戦争後に生き残った猿と象と鵞鳥と小人が「理想の王国」を求めて旅立つ。この黙示録的寓話のかげには、文明社会への疑問が重く響いている。

ペインティッド・バード　東欧の想像力

イェジー・コシンスキ　著　／　西成彦　訳

46判上製・312頁・1900円＋税

第二次大戦下、親元から疎開させられた6歳の男の子が、東欧の僻地をさまよう。ユダヤ人あるいはジプシーと見なされた少年に次々と襲いかかる迫害、暴力、グロテスクな現実の数々。

墓地の書　東欧の想像力

サムコ・ターレ　著　／　木村英明　訳

46判上製・224頁・1700円＋税

いかがわしい占い師に「おまえは『墓地の書』を書き上げる」と告げられ、「雨がふったから作家になった」という語り手が、社会主義体制解体前後のスロヴァキア社会とそこに暮らす人々の姿を『墓地の書』という小説に描く。

崖っぷち　創造するラテンアメリカ

フェルナンド・バジェホ　著　／　久野量一　訳

46判並製・216頁・1600円＋税

現代ラテンアメリカ文学でもっとも挑発的な作家と呼ばれるバジェホの代表作。死に瀕した弟の介護のため母国コロンビアに戻った語り手が繰り出す、国（コロンビア）への、宗教（カトリック）への、女（母）への、数限りない罵倒が、鋭いリズムと暴力的なスタイルで綴られる。2003年ロムロ・ガジェゴス賞受賞作。

帝都最後の恋　東欧の想像力

ミロラド・パヴィッチ　著　／　三谷惠子　訳

46判上製・208頁・1900円＋税

ナポレオン戦争を背景に、3つのセルビア人家族の奇想に満ちた恋の物語が、タロットカードの一枚一枚に対応した22の章につづられる。『ハザール事典』のパヴィッチ邦訳最新作。

死者の軍隊の将軍　東欧の想像力

イスマイル・カダレ　著　／　井浦伊知郎　訳

46判上製・304頁・2000円＋税

第二次大戦中にアルバニアで戦死した自国軍兵士の遺骨を回収するために、某国の将軍が現地に派遣される。そこで彼を待ち受けていたものとは……国際ブッカー賞作家カダレの代表作。

二つの伝説　東欧の想像力

ヨゼフ・シュクヴォレツキー　著　／　石川達夫＋平野清美　訳

46判上製・224頁・1700円＋税

ヒトラーにもスターリンにも憎まれ、迫害された音楽・ジャズ。全体主義による圧政下のチェコを舞台に、ジャズとともに一瞬の生のきらめきを見せ、はかなく消えていった人々の姿を描く、シュクヴォレツキーの代表的中編2編。